LE BRIGAND
DÉMASQUÉ.

III.

34 76

19266

Livres de Sciences, Poésies, Mathématiques, Commerce, Agriculture.

*Recueil de 717 Problèmes amusans et instructifs, ouvrage propre à former le jugement des jeunes gens, et à les habituer à résoudre toutes sortes de question, en employant seulement les quatre principales opérations de l'arithmétique, par J. J. *Grémilliet*, ancien quartier-maître. Deuxième édition. 2 vol in-8. qui se vendent séparément, savoir : le premier, qui contient les questions, 2 fr. 50 c., par la poste 3 fr.; le second, contenant les solutions 4 fr., par la poste 4 fr. 75 c.

La simplicité de la méthode employée par l'auteur, la clarté et la précision de ses démonstrations, assure le succès de cet ouvrage, dont l'utilité est généralement reconnue.

* Nouvelle Théorie du Calcul des Intérêts simples et composés, des Annuités, des Rentes et des Placemens viagers; suivie d'un grand nombre de Tables pour opérer ces sortes de calculs par années, mois et semaines, snr divers taux; par M. J.-G. Grémilliet, auteur d'un Recueil de Problèmes. 1 vol. in-8. sur grand-raisin, avec un grand nombre de Tableaux, bien imprimé.................. 7 fr. 50 c.

* Méthode éprouvée, avec laquelle on peut parvenir facilement et sans maître, à connaître les plantes de l'intérieur de la France. Ouvrage infiniment utile aux personnes qui passent une partie de l'année à la campagne, et aux jeunes gens auxquels on veut inspirer du goût pour l'histoire naturelle; par M. Dubois, théologal de l'église d'Orléans, ancien démonstrateur du jardin des plantes de cette ville. 1 vol. in-8... 6 fr.

* Réflexions sur le danger de supprimer les Jachères en France; par M. ***, célèbre cultivateur, membre de la Chambre des Députés. 1 vol. in-8. mince....................................... 6o c.

* Œuvres complètes du Chevalier de Piis. 4 vol. in-8. portraits. Le premier volume contient ses poëmes; le second, son théâtre; le troisième, ses mélanges; et le quatrième, ses chansons; au lieu de 20 fr., 8 fr.

Amusemens (les) du Parnasse, charmant Recueil de Poésies légères, morales et descriptives, recueillies par M. D. P. 1 volume in-18. figures.. 75 c.

Bal (le) du bois de Brévannes, poëme par Hugues Nelson Cottreau. 1 vol. in-8. pap. grand-raisin......................... 1 fr. 20 c.

Satire contre le vice, suivie d'une Epître à mon Berceau; par Hugues Nelson Cottreau. in-8. mince..................... 4o c.

LE BRIGAND
DÉMASQUÉ,

OU

LE POUVOIR DES SERMENS.

Par Mᵐᵉ ʟᴀ Cᴏᴍᴛᴇssᴇ ᴅᴇ MALARME,
(ɴᴇ́ᴇ DE BOURNON),

ᴅᴇ ʟ'ᴀᴄᴀᴅᴇ́ᴍɪᴇ ᴅᴇs ᴀʀᴄᴀᴅᴇs ᴅᴇ ʀᴏᴍᴇ.

TOME TROISIÈME.

PARIS,

TENRÉ, Libraire, rue Saint-Martin, nº 98,
vis-à-vis le passage Molière.

1824.

LE BRIGAND

DEMASQUÉ,

OU

LE POUVOIR DES SERMENS.

CHAPITRE XXIII.

La fatigue, le besoin de dormir, puis les souffrances, avaient empêché mademoiselle de Lappallin de remarquer l'élégance de sa chambre à coucher. La bonté du lit fut la seule chose à laquelle elle fit attention. C'était une nouveauté pour

elle : car durant sa captivité, on ne
lui avait procuré aucune des commo-
dités que lui avait offertes précédemment le château de Sempervive.

Dès qu'elle fut guérie, les yeux
d'Elisa se promenèrent avec étonnement sur les différens meubles. La
blancheur éblouissante des rideaux
la frappa. D'après l'énoncé de mistriss Clifton, elle s'était fait une toute
autre idée de son logement. Sans
doute, pensa-t-elle, elle a voulu
me surprendre agréablement. L'arrivée de sa nouvelle amie mit fin à ses
réflexions. Elisa lui demanda pardon
de sa paresse, et se hâta de s'habiller.
Après les questions mutuelles que
l'usage a établies, et que l'affection
répète avec un intérêt plus vif, Elisa

dit en souriant : — Aimable amie !
vous m'avez trompée : je m'attendais
à trouver du dénuement, et je vois
du superflu. — Il n'y a cependant
que le nécessaire. Ne faisant aucune
dépense pour mes plaisirs, j'ai tâché
de me procurer des sujets de dissipation et d'amusement dans mon intérieur. Alors mistriss Clifton mena
Elisa dans la seconde pièce. La jeune
fille fit une exclamation en apercevant les livres, les instrumens et les
boîtes de couleurs. — Vous ne nous
aviez pas dit, mon amie, que vous
aviez autant de talens divers. —
Quand on n'est pas habile, ce serait
sottise de se vanter. Je sais un peu de
tout, et rien parfaitement. Elisa se
plaça au piano et enchanta son amie

par la légèreté et l'exactitude de son
exécution. — Vous ne m'accuserez
plus de dissimulation, dit mistriss
Clifton ; qui aurait pu soupçonner
que vous possédiez ce talent avec
tant de perfection, surtout n'ayant
prit nulle part à la conversation lorsqu'on s'entretint de musique ? — Je
n'ai point dit, ma bonne amie, que
je n'étais pas musicienne. — Non ;
mais vous pouviez convenir que vous
l'étiez. — On ne m'en a pas fait la demande ; d'ailleurs c'est un bien faible
relief. A votre tour, mon amie, dit
Elisa en apportant la harpe à mistriss
Clifton. Cette dame chanta quelques
jolis couplets en s'accompagnant.
Elle n'était pas d'une grande force ;
mais elle pinçait de la harpe et tou-

chait du piano très - agréablement.
Sa voix, sans avoir une grande étendue, était douce et harmonieuse. Ces
deux dames firent de la musique jusqu'à l'heure du dîner. Afin de bien
employer le temps, on en fit une distribution qui ne laissa pas un moment
d'oisiveté.

Tous les jours M. Webb venait
passer deux ou trois heures avec les
dames ; deux fois la semaine il dînait
avec elles. Il s'était établi une sorte
d'intimité entre ces trois personnes
qui semblait les rendre nécessaires les
unes aux autres. Elisa comparait souvent en elle-même le marquis de
Limandre à M. Webb ; j'aimais mon
premier ami, pensait - elle, comme
j'aime celui-ci. Alors, le souvenir

de la lettre qu'elle avait reçue la
veille du jour où elle devait épouser
Eugène, la faisait tomber dans de
noires réflexions. L'arrivée de
M.-Webb dissipait le nuage, et le
sourire voltigeait de nouveau sur ses
lèvres. Age heureux! où les peines
disparaissent à l'aspect d'un sujet de
distraction.

Ce fut avec beaucoup de peine
que M. Webb se conforma aux ordres de mistriss Clifton; il aurait eu
tant de plaisir à prévenir les désirs
d'Elisa! Plusieurs malles, remplies
d'objets précieux, étaient déposées,
sans avoir été ouvertes, dans un
garde-meuble. Sa fortune entière,
placée sur la Banque d'Angleterre,
lui formait un immense revenu,

dont il ne dépensait pas le demi-
quart. — En vérité, madame, disait-
il un jour à mistriss Clifton, vous
devriez avoir l'humanité de m'aider
à me débarrasser d'une partie de ma
richesse. — Rien n'est plus aisé : ré-
pandez des bienfaits sur des infortu-
nés. — J'ai chargé mon valet-de-
chambre de chercher les malheureux
qui ont besoin de secours. — C'est
fort bien. S'en est-il occupé ? —
Vingt familles, par ses soins, ont
passé de la misère à l'aisance. —
Voilà déjà un grand allégement. —
A peine puis-je m'apercevoir de la
moindre diminution. Je ne connais
que vous, madame, qui puissiez me
soulager un peu du poids de ma trop
grande opulence. Permettez-moi

d'acheter, au nom de votre aimable protégée, une belle maison à Londres, et une terre à portée de la capitale. Trouvez, je vous le demande en grâce, le moyen de les lui faire accepter. Il y a long-temps que l'emplette en serait faite, si l'on pouvait se passer de sa signature. Quant à vous, femme estimable, j'ose assez compter sur vos bontés et votre condescendance, pour espérer que vous accepterez cette légère marque de mon amitié. Après avoir posé un papier sur les genoux de la dame, il se sauva. C'était une reconnaissance de vingt-cinq mille livres sterlings placées sur la Banque au nom d'Henriéta Clifton. « Homme généreux ! je ne vous ferai pas l'insulte de refuser un bienfait offert avec tant de délicatesse. » Il ne lui fut pas difficile de faire consentir Elisa à l'imiter. Mademoiselle de Lappallin aimait et respectait mistriss Clifton, comme une seconde mère ; aurait-elle pu opposer la moindre résistance à ses désirs ? d'ailleurs, M. Webb lui avait inspiré une confiance sans bornes. Plus elle avait été à portée de le juger, et plus elle s'était sentie de disposition à s'y attacher. Elle le chérissait comme un frère, et le révérait comme elle eût révéré son père, si... Quand ces réflexions se présentaient à son esprit, la pauvre Elisa n'osait jamais, même en pensée, terminer la phrase.

Elisa habitait depuis près d'une année l'appartement de mistriss Clif-

ton , et elle n'en était sortie que
quelques dimanches pour aller à l'é-
glise remplir les devoirs de chré-
tienne. Vainement son amie et
M. Webb l'avaient plusieurs fois engagée à prendre l'air dans la voiture
de ce dernier. La crainte d'être ren-
contrée par ses ennemis la retenait
à la maison. Néanmoins , elle en
éprouvait du regret. Une retraite
forcée nuit à la santé et influe sur le
caractère. Celui d'Elisa était toujours
porté vers la douceur ; mais il perdait
sensiblement de son égalité. Ses oc-
cupations journalières la fatiguaient;
ses talens étaient négligés ; elle ne se
plaisait plus autant à écouter les récits
amusans des voyages de M. Webb.
Un changement frappant s'était aussi

opéré dans sa santé. Ses couleurs
avaient perdu de leur éclat, et ses
yeux de leur vivacité. Le sourire
charmant qu'on voyait avec tant de
plaisir se projeter sur sa jolie bouche, ne reparaissait plus. Cependant
Elisa protestait qu'elle se portait fort
bien. Mistriss Clifton et M. Webb,
affligés au-delà de l'expression, la
supplièrent d'avoir enfin pitié d'eux
et d'elle-même. Ne pouvant résister
aux instances, si souvent répétées,
de l'amitié, mademoiselle de Lappallin consentit à se laisser conduire
au théâtre de Drury-Lane. M. Webb
avait fait louer une loge, afin de
n'avoir aucun importun près d'eux.
Elisa portait un demi-voile qui lui
couvrait une partie du visage. Le

spectacle , qu'elle voyait pour la
première fois, captiva toute son attention. Plusieurs fois elle fut attendrie jusqu'aux larmes. Il lui fallut
alors déranger son voile pour s'es-
suyer les yeux. M. Webb et mistriss
Clifton jouissaient de l'intérêt que
semblait prendre Elisa à une pièce
remplie de sentimens vertueux et de
saine morale. Entièrement occupés
d'elle, ils n'aperçurent pas un homme
dans la loge voisine, dont le regard
hardi ne quittait pas Elisa. Dans l'in-
tervalle du premier acte, M. Webb
sortit pour aller chercher des raffraî-
chissemens aux dames. Le curieux
en fit autant. En passant dans un cou-
loir, l'ami d'Elisa fut accosté par un
particulier qui dit en l'apercevant :

— Bon jour, mon cher Webb; je suis charmé de vous rencontrer. Mon départ est fixé à deux jours; tâchez de vous arranger pour que nous passions demain la matinée ensemble.— Je m'y engage de bon cœur. Bon soir, mon cher Cornwall.

A la fin du spectacle M. Webb fit appeler son carrosse; un de ses mulâtres, qui le suivait toujours, vint le prévenir que son cocher s'était cassé la cuisse en tombant de son siége; et que son frère, qui heureusement avait été avec lui toute la soirée, s'offrait de conduire la voiture. — Est-il en état de le faire? — Oui, monsieur, il dit qu'il est aussi cocher; ses maîtres sont en ce moment à la campagne. — Restez pour prendre

III.   2

soin de Patrick, nous nous passerons
de vous. — Patrick s'est fait porter
chez sa sœur qui demeure tout près
du théâtre, où elle est employée ?
— Prenez son adresse pour lui envoyer sur-le-champ un chirurgien.
— Son beau-frère, m'a dit Patrick,
est un des meilleurs de Londres. —
Procurez-vous toujours son adresse,
afin de venir demain matin savoir de
ses nouvelles. — Il a dit qu'il en en-
verrait par sa sœur, — A la bonne
heure. Ils montèrent tous les trois en
voiture, affligés du fâcheux accident.
Elisa s'accusait d'en être la cause ;
ses amis eurent de la peine à la con-
soler. — Je me suis déjà aperçu, dit
M. Webb, que cet homme se prenait quelquefois de vin ; croyez que

s'il eût été de sang-froid ce malheur ne serait pas arrivé : il y a donc plus de sa faute que de la nôtre.

Le nouveau cocher qui n'était pas bien au fait, arrêta deux portes avant celle de la maison où logeaient les dames : il n'y avait rien que de simple dans cette méprise, on n'y fit pas attention. M. Webb, après avoir conduit mistress Clifton et sa fille adoptive à leur appartement, retourna dans son hôtel.

L'ordre fut donné de mettre les chevaux à neuf heures du matin, il en était dix quand M. Webb monta en voiture. Le cocher le mena de suite à la porte du capitaine Cornwall.

— Attendrai-je monsieur ? — Oui. Un quart d'heure après on lui fit

dire de retourner à l'hôtel , l'intention de M. Webb étant de passer
une partie de la journée avec son
ami.

M. Webb avait fait part à ses
amies de l'invitation du capitaine.
Comme depuis quelque temps il
prenait ses repas chez mistriss Clifton , il lui dit de ne pas l'attendre pour
dîner.

Vers quatre heures , l'on vint dire
à ces dames que M. Webb avait envoyé une voiture et le cocher de la
veille , pour chercher mistriss Clifton et Elisa. Il n'avait pu venir les
chercher lui-même , parce qu'il devait terminer une grande affaire avec
son ami; mais que tout serait fini à
leur arrivée : il les pria de ne pas

refuser au capitaine Cornwall la satisfaction de faire connaissance avec
des personnes pour lesquelles son ami
Webb avait autant d'attachement
que de respect. Mistriss Clifton et
Elisa firent une légère toilette et se
hâtèrent de se rendre à une invitation
aussi instante. Elles ne reconnurent
pas la voiture de M. Webb. Le cocher, à qui mistriss Clifton en demanda la raison, répondit qu'une
roue ayant été démontée, le capitaine Cornwall avait offert la sienne
pour amener les dames.

La course parut si longue à mistriss Clifton qu'elle baissa une glace
pour s'informer, au cocher, où de-
meurait le capitaine Cornwall. —
Monsieur Webb a dû vous dire,

Madame, que son ami habite une maison de campagne à deux milles de Londres. Ne vous impatientez pas, ajouta-t-il, je vais presser mes chevaux, nous serons bientôt rendus. On atteignait, en ce moment, la barrière de Newington. Nul soupçon n'entrait encore dans l'esprit de mistriss Clifton : sans se rendre compte des motifs qui lui causaient des inquiétudes, Elisa se trouvait fort mal à son aise. Un serrement de cœur semblait l'avertir qu'elle était menacée d'un grand malheur.

Le cocher, fidèle à sa promesse, avait mis ses chevaux au galop. Et effectivement on tarda peu à arriver à une maison, qui avait plutôt l'apparence d'un mauvais cabaret que d'une

habitation bourgeoise. Un homme
se présente pour ouvrir la portière
et aider les dames à descendre de
voiture. — Ces Messieurs vous attendent avec impatience, dit-il, donnez-vous la peine de monter. On les
fit entrer dans une chambre où il
n'y avait personne. A peine s'étaient-
elles assises qu'il entra deux hommes, l'un était le traître cocher ; l'autre... en le reconnaissant, Elisa se
jeta dans les bras de son amie. —
Sauvez-moi! lui dit-elle, je suis per-
due si je tombe encore en son pouvoir! Mistriss Clifton la pressa contre son sein. — Que nous voulez-
vous ? dit-elle avec fierté à l'inconnu ; qui êtes-vous? pour avoir
osé attenter à la liberté de cette jeune

personne et à la mienne? — Soyez
parfaitement tranquille, Madame,
je n'ai aucun dessein qui vous concerne, et dès qu'il y aura sûreté
pour moi, vous serez libre de retourner chez vous. Quant à votre
compagne, mes droits sur elle sont
indisputables ; elle est ma fille. Ce
mot interdit tellement mistriss Clifton, qu'elle laissa tomber les bras qui
retenaient Elisa. — Serait-il vrai,
ma chère enfant, que ce Monsieur
fût effectivement votre père ? — Hélas! Madame, il le dit : — Avez-vous
quelques raisons d'en douter ? — J'en
aurais beaucoup, mais elles sont dé-
nuées de preuves. — Malheureuse !
s'écria l'inconnu, en se livrant à un
accès de fureur, tu cherches vaine-

ment à renier celui qui t'a donné la vie. Cesse, enfant dénaturé, de vouloir en imposer à la femme respectable que tu as indignement trompée. Fille perverse et vicieuse, tu ne feras plus de dupes par ta fausse candeur. Désormais, je saurai bien empêcher que tu continues à me déshonorer par ton inconduite. — Dieu tout puissant ! dit Elisa, tombant à genoux, et levant les mains et les yeux au ciel, souffrirez-vous que d'aussi épouvantables inculpations pèsent sur moi? Mistriss Clifton, me croyez-vous coupable des horreurs, dont celui, qui se dit mon père, ne craint pas de m'accuser? — Non, non, répondit précipitamment mistriss Clifton. Et malgré le langage affreux de

2.

cet homme, je vous aime et vous estime. Puis s'adressant au monstre :
— Prouvez-moi, lui dit-elle, que cette jeune personne est votre fille ; je ne vous la céderai qu'après l'intime conviction. Si vous aviez des droits sur elle, il n'eût pas été nécessaire, pour vous la faire rendre, d'employer la trahison et la perfidie. Sur un signe que fit l'inconnu, le faux cocher s'empara de mistriss Clifton, et lui lia les mains. — Si vous vous étiez montré plus juste et plus raisonnable, lui dit l'inconnu, on n'en serait pas venu à cette extrémité. Au reste, je vous certifie qu'on ne vous fera aucun mal, mais vous serez retenue ici, jusqu'à la fin du jour. Alors vous pourrez aller partout où vous vou-

drez. Je vous permets, même, de
rendre un compte exact de tout ce
qui vous est arrivé. Vos rapports ne
pourront plus nous atteindre. L'inconnu prit la main d'Élisa et lui ordonna de l'accompagner. — Songez,
lui dit-il, qu'en faisant la plus légère
résistance, vous causerez la mort de
votre nouvelle amie, et celle de ***.
Assez, assez, dit Elisa, en lui coupant la parole, emmenez-moi sur-le-champ. Mais permettez-moi avant
de quitter, pour toujours, la femme
adorable, que le plus heureux hasard m'avait fait rencontrer, de lui
donner le dernier baiser d'un éternel
adieu. Elisa s'élance vers son amie,
la presse dans ses bras en sanglottant,
puis se retourne, et tend la main à

l'inconnu. — Je suis prête à vous
suivre, lui dit-elle en couvrant ses
yeux de son mouchoir. — Arrêtez,
barbare, s'écria mistriss Clifton,
du moins souffrez que je l'accompa-
gne : vous aurez deux prisonnières
au lieu d'une. Sa prière ne fut pas
même entendue de celui à qui elle
l'adressait. — Toutes ces clameurs
sont vaines, lui dit le cocher sup-
posé, si vous tenez à la vie, croyez-
moi, prenez votre parti. Voilà un
pistolet, ajouta-t-il, il me débar-
rassera de vos criailleries si vous continuez. Au contraire, si vous attendez en silence le moment fixé, je
vous reconduirai jusqu'à l'obélisque;
de là, vous pourrez vous rendre à
votre logement sans aucun obstacle.

La loi du plus fort ne trouva jamais
d'empêchement. Mistriss Clifton fut
forcée d'y céder. Le scélérat se fit apporter à manger, et surtout du vin.
L'amie d'Elisa ne voulut toucher à
rien.

Vers les huit heures du soir, il
ordonna qu'on bridât ses chevaux.
Un des valets du cabaret monta sur
le siége, mistriss Clifton eut la douleur d'occuper la voiture avec le
faux cocher : en arrivaut près de
l'obélisque, on arrêta. Mistriss Clifton descendit, on lui souhaita le bon-
soir, et les chevaux prirent la route
de Londres, au grand galop.

Fatiguée de corps et d'esprit, mistriss Clifton pouvait à peine se tenir
sur ses jambes; elle se traîna jusqu'au

pont de Westminster. Heureusement
il passa un fiacre vide, qui consentit
à la conduire chez elle. Elle n'y arriva
qu'à une heure du matin. M. Webb
l'y attendait dans les plus vives inquiétudes. D'après le rapport de la
servante, il ne put que concevoir
les idées les plus sinistres. Il était clair
qu'on s'était servi de son nom pour
se rendre maître de ses deux amies.
Ses craintes ne portaient que sur
Elisa : cette jeune personne conve-
nait qu'elle avait des ennemis; combien il s'en voulait de n'avoir pas
prévu que, tôt ou tard, elle serait
victime de la méchanceté! Aucun indice ne pouvant le guider dans ses
recherches, il espérait que mistriss
Clifton trouverait quelque moyen de
l'instruire de leur sort.

Le bruit d'une voiture qui s'arrê-
tait à la porte fit tressaillir M. Webb,
il se précipite en bas de l'escalier et
reste stupéfait en voyant mistriss Clifton seule. — Sans Elisa? dit - il.—
Hélas! on l'a arrachée de mes bras,
nous ne la reverrons plus. Tous deux
gagnèrent tristement l'appartement.
Nous ne la reverrons plus! avez-vous
dit, mistriss Clifton! Qui donc l'a enlevée?—Un homme qui prétend être
son père.— Et l'est-il en effet? — Je
ne le crois pas. Alors elle raconta
tout ce qui s'était passé depuis l'instant où le misérable qui avait remplacé Patrick, était venu les chercher de la part du capitaine Cornwall.
M. Webb écouta ce récit avec beaucoup d'attention. Quand mistriss Clif-

ton cessa de parler, il lui demanda
si elle pourrait reconnaître le cabaret où ils s'étaient arrêtés. Elle répondit affirmativement.—Chère mistriss Clifton, prenez quelques heures
de repos, à six heures nous partirons
pour aller prendre des informations.
Je ne puis me défendre de penser
que les habitans de cette maison et
surtout le valet qui avait conduit la
voiture sont complices.

Cette démarche qui devait, suivant
les probabilités, conduire à quelques
découvertes, n'eut aucun résultat fruc-
tueux. Le maître du cabaret et sa
femme avaient reçu d'abord deux
messieurs qui étaient descendus d'une
chaise de poste. Trois heures après,
deux dames s'étaient également pré-

sentées, les premiers arrivés avaient
dit attendre les dernières. Voilà tout
ce qu'on put apprendre de ces gens.
Du reste ils n'avaient entendu ni
plaintes ni cris. Un des messieurs
était descendu peu d'instans après
avec la plus jeune des dames; avant
de monter dans la chaise de poste,
il avait payé le peu de dépense qu'il
avait faite et celle que pourraient,
faire les personnes qui restaient.
Quant au valet d'écurie, ils n'avaient
pas cru devoir refuser qu'il conduisît
la voiture; l'eussent-ils fait, cela n'eût
servi de rien, puisque ce garçon,
ayant été redemandé par ses parens,
n'était plus à leur service, et devait
les quitter le lendemain. M. Webb
et mistriss Clifton lisaient la dupli-

cité sur la figure du mari et de la femme, mais leurs réponses paraissaient plausibles ; on ne pouvait les convaincre d'imposture. M. Webb leur offrit cent, et jusqu'à cinq cents guinées, pour révéler la vérité : ils persistèrent à soutenir qu'ils l'avaient dite toute entière. Il essaya de les menacer. Ils ne témoignèrent ni colère ni mécontentement. — Allons ensemble, dit l'hôte, chez le juge de paix : qui n'a pas fait de mal n'a rien à craindre. Soit qu'effectivement ils fussent innocens ou qu'ils craignissent de recevoir une punition au lieu d'une récompense qu'on leur promettait, le fait est qu'ils ne sortirent pas de leur premier dire.—Ce sont deux scélérats, dit M. Webb à mistriss

Clifton, mais ils ont eu assez d'adresse
pour ne laisser découvrir aucune preu-
ve, et nous n'avons rien à espérer de ce
côté. Après être remonté en voiture
il en redescendit précipitamment.—
—Voilà un billet de 10 livres sterling, dit-il au cabaretier, du moins
dites-moi quelle route a prise le misérable qui a enlevé la jeune dame ?
Ne prévoyant aucun danger à gagner
l'argent qui leur était offert ils répon-
dirent ensemble, mais d'une manière
différente. — La chaise a suivi le chemin de Douvres , dit le mari. — Ils
sont allés du côté de Londres, dit la
femme. M. Webb leur jeta la banque-
note promise. — Vous êtes deux im-
posteurs, leur dit-il, le ciel vous pu-
nira.

En rendant compte à mistriss Clifton de sa dernière tentative, il ajouta :
— L'un des deux a dit la vérité. Je
vais prendre une chaise à la première
maison de poste, et j'irai jusqu'à
Douvres. Ma voiture vous reconduira;
dans vingt - quatre heures je vous
donnerai de mes nouvelles si je ne les
apporte pas moi-même.

Mistriss Clifton revint à Londres
fort affligée de l'inutilité de leurs recherches. Elle espérait peu de succès
du voyage de son ami à Douvres; les
hôtes du cabaret les avaient sûrement
trompés l'un et l'autre, afin de s'approprier les 10 livres sterling. Peut-
être avait-on conduit Elisa dans les
environs. En se rappelant les moyens
odieux employés pour enlever l'in-

fortunée, elle ne pouvait se persuader que le ravisseur fût réellement
son père. D'ailleurs Elisa paraissait
elle-même en douter.—*Il le dit*, lui
avait-elle répondu. Si effectivement
elle était sa fille, comment pouvait-
elle l'ignorer? Il y avait dans toute
cette affaire une complication de
fourberies et de mystères inexpli-
cables. Elisa semblait être écrasée
sous le poids d'un terrible serment.
Son attachement pour moi, sa reconnaissance pour M. Webb, eussent
mérité et obtenu sa confiance si elle
avait osé parler. Telles étaient les réflexions de mistriss Clifton.

Le retour de M. Webb n'apporta
aucun soulagement au cœur déchiré
de mistriss Clifton. Nuls passagers sem-

blables à ceux que M. Webb avait désignés ne s'étaient embarqués. Il avait parcouru tous les hôtels et les auberges de la ville aussi vainement. —Je vais, dit-il, mettre, s'il le faut, cent personnes en campagne pour découvrir, soit à Londres, ou dans les environs, la retraite qui recèle notre bien-aimée Elisa. Mistriss Clifton ne lui fit aucune objection quoique persuadée de l'inutilité de ses démarches.

CHAPITRE XXIV.

MEURICE, après avoir conduit Elisa au bas de la montagne, et lui avoir indiqué le chemin de P*** où elle devait trouver une diligence qui la conduirait à Londres, rentra; il eut soin de refermer les portes, et fut se coucher, bien certain qu'on ne pourrait le soupçonner d'avoir facilité la fuite de la jeune fille.

Suivant sa coutume, il se mit dès le matin à l'ouvrage. Curieux de savoir quel résultat aurait la fameuse découverte, il choisit le travail qui le rapprochait le plus de la maison. Le père d'Elisa et madame de Mont-désir vinrent se promener dans le jardin ; ils avaient l'un et l'autre l'air extrêmement soucieux. Ils ne parurent pas avoir remarqué Meurice qui bêchait autour d'un massif de rosiers. Les voyant se diriger vers un berceau adossé au mur qui séparait le parterre du verger, Meurice fit le tour et se plaça derrière le berceau. Une échelle qu'il posa doucement lui facilita le moyen de ne pas perdre un mot de leur conversation. — Mais enfin, disait la femme, que ferons-nous ? manquant tout-à-fait de ressources, il est impossible d'exister. — Je compte encore sur le retour de..... Meurice n'entendit pas le nom. — Il y a folie d'espérer qu'il revienne. Son expédition, m'avez-vous dit, devait avoir lieu huit jours après son départ, et voilà plus de dix mois qu'il est absent. En nous berçant de fausses espérances, nos dettes s'accumulent et nos moyens se réduisent à rien. Le propriétaire de cette maison menace de nous mettre à la porte. Hook et vos deux autres agens commencent à ne plus croire à vos promesses. Jusqu'ici, le fruit de leurs *travaux*, auxquels vous n'avez pas participé, vous a été fidèlement remis ; mais on se lasse de

tout, même d'être brigand sans profit. Si vous ne suivez mes avis, il faudra avant peu aller nous cacher dans
l'horrible masure. Qu'y ferons-nous ?
Frustrés de la plus douce des jouissances , la vengeance ; sans cesse
tourmentés par la crainte que ceux
que nous avons voulu perdre ne se
relèvent avec gloire des débris de
notre honte; sans moyen pour continuer à faire le mal ; sans volonté pour
réparer celui que nous avons fait;
rongés , non de remords, mais de regrets de rester en si beau chemin ,
notre fin sera de devenir, l'un pour
l'autre., un fléau journalier. Au contraire, si vous exécutez le projet que
j'ai formé , les chances les plus brillantes se présentent à nos yeux. Avec

de l'or rien est impossible. Sans ce
métal précieux, il nous faudra crou-
pir dans la fange. Pensez-y : il ne
nous reste que cette seule ressource.
— Il vous est facile de donner des
avis. Nul danger ne peut vous atteindre ; tandis que moi je cours
au-devant de la mort la plus igno-
minieuse. — Il y a de la lâcheté à
vouloir rétrograder , quand on a
marché si long-temps dans le sen-
tier du vice. — Je connais un moyen
qui n'exposerait ni vous, ni moi ;
le voici. Alors il baissa tellement la
voix, que Meurice n'entendit plus
un mot. Il allait descendre de l'é-
chelle, quand un des complices du
maître arriva en criant : — Elle s'est
évadée ! — Qui ? dit madame de

Montdésir. — Elisa. J'allais lui porter sa pitance, quand, à ma grande
surprise, je n'ai trouvé personne dans
sa chambre. — Malédiction ! dit
l'homme, sur elle et sur le misérable qui a favorisé sa fuite ! Meurice
se hâta de quitter sa place, et saisissant sa bèche, il continua à labourer
en sifflant.

Quand on se fut assuré qu'Elisa
ne s'était pas cachée dans les environs, son père se décida à remplir
les désirs de sa compagne : dès le
même jour il se mit en route à pieds
avec un de ses domestiques. Ils
voyagèrent avec le plus d'économie
possible. Heureusement pour eux la
course n'était pas fort longue.

Arrivés à un mille de Sempervive,

le père d'Elisa s'informa du nombre et de la qualité des personnes qui habitaient alors le château. — Mistriss Sidney, lui dit-on, ne l'a pas quitté, non plus qu'un marquis français. Depuis peu de jours, M. Barnesley, et son beau-frère M. Ethelbald Sidney, propriétaire de la terre de milady Pomfret, sont de retour. — Vivent-ils bien ensemble ? — Oh ! non, le mari et la femme se détestent. Le frère de mistriss Sidney méprise sa sœur, et le Français ne l'aime pas davantage. — Elle est donc bien méchante ? — Plus qu'on ne peut l'exprimer. — Cependant ils passent les journées ensemble ? — Cela serait impossible. La dame est toujours seule ; Molly, sa femme-dechambre et sa confidente, ne se cache pas du peu d'attachement qu'elle porte à sa maîtresse. — Que font donc ces messieurs.? — M. Sidney et M. Edgar chassent du matin au soir et ne rentrent que pour se coucher. De son côté, le marquis passe sa vie dans une ferme du voisinage. — Dans une ferme? et qu'y fait-il? — Il tient compagnie à une étrangère vieille, laide et difforme. — Ce Français a un plaisant goût. — On dit que la dame est bonne et aimable.

Satisfait de ces informations, le père d'Elisa dresse ses batteries. Assez bien déguisé pour n'être pas reconnu de Molly, il laisse son adjoint à la vue du château, et s'y présente seul. Il demande mistriss Sidney. On fait quelques difficultés pour le laisser entrer; à la fin, cependant, il est introduit. Thérésa le reconnaît, et fait un mouvement de surprise. Molly était présente. Sa maîtresse lui dit de s'éloigner et d'empêcher d'entrer tout ceux qui pourraient se présenter. — Soyez tranquille, dit la suivante en sortant, on vous fuit plus qu'on ne vous recherche. Dès qu'ils furent seuls, le père d'Elisa ne voulant pas perdre de temps, aborda sur-le-champ le motif de sa visite. — D'après notre correspondance, lui dit-il, vous êtes informée de tous les événemens qui tiennent, ou ont quelques rapports au pacte que nous avons fait ensemble; liés tous les trois par un redoutable serment, la mort de celui qui l'aurait faussé serait le prix de son indiscrétion. Rien ne pourrait le soustraire à son sort; à moins qu'il n'arrachât la vie aux deux autres. Vous n'ignorez pas, continua le père d'Elisa, les énormes dépenses que nécessitent les personnes qui surveillent et gardent vos.... — Arrêtez, dit mistriss Sidney, je ne dois pas souffrir que des actes de vengeance, qui nous sont communs, me soient particulièrement adressés. Faites donc attention que je prétends que vous substituerez désormais par écrit, ou verbalement, le mot *nous* à celui de *vous*, que vous n'employez sûrement pas sans intention. Mais en voilà assez sur un objet que

j'aurais voulu ne pas être dans le
cas de traiter. Instruisez-moi du motif d'une visite à laquelle j'étais loin
de m'attendre, et qui me paraît aussi
imprudente que hasardeuse. — Personne ici ne me connaît que Molly.
— Et c'est précisément d'elle dont
j'ai de fortes raisons de me défier.
Les domestiques ne deviennent in-
solens que lorsqu'ils savent que nous
devons les ménager. Au fait, qu'êtes-
vous venu faire ? Votre début me fait
présumer que vous avez besoin d'argent. Cependant vous êtes prévenu
que je ne puis aller au-delà de ce que
j'ai promis ; voilà mon dernier mot. —
Voici le mien, dit le père d'Elisa en
tirant un poignard de son sein : il
me faut mille guinées ou votre vie :

choisissez. — Misérable! oses-tu bien
m'offrir cette horrible alternative? Et
où veux-tu que je prenne cette
somme? — Dans le secrétaire de votre mari. — Il en a la clef. — Condui-
sez-moi dans son appartement, je me
charge de le forcer. Prévoyant votre
objection, je me suis muni des instrumens nécessaires. — Et s'il nous
surprenait? — Impossible : il est à
la chasse avec votre frère. — Je puis
vous donner cinq cents livres. — Il
m'en faut mille. — Vous êtes un malheureux qui abusez des circonstances.—Je n'ai pas le temps de répondre
à de si pitoyables injures, que je pourrais vous renvoyer avec de grandes
additions. — Les gens de mon époux
peuvent nous apercevoir. — Une

femme a le droit d'entrer dans la
chambre de son mari. — J'ignore,
d'ailleurs, dans quel meuble Ethelbald serre son argent. — Nous le
chercherons. — Suis-je donc avec
un voleur de profession? un assassin?
— Donnez-moi la dénomination que
vous voudrez, peu m'importe; mais
c'est résister trop long-temps. Thérésa voyant un poignard dirigé contre son cœur, consentit à tout ce
qu'on exigeait d'elle, et conduisit le
scélérat au logement de Sidney.

La serrure du secrétaire fut bientôt forcée, et le père d'Elisa avait déjà
ouvert un tiroir, et tenait à la main
un paquet de bank-notes, quand la
porte, qui n'était que poussée, s'ouvrit, pour donner accès à Edgar;

suivait Molly à quelque distance. — Brigand infâme! dit Barnesley, en approchant un pistolet au poing, replace ces billets, et éloigne-toi vite; je ne veux pas souiller mes mains d'un sang aussi impur. Au lieu de profiter de la trop grande bonté d'Edgar, le monstre arrache le pistolet des mains de M. Barnesley et le tire sur lui à bout portant; l'infortuné tombe. Voyant que Thérésa, avec le plus grand sang-froid, s'était emparée des papiers-monnaie, il veut les reprendre, elle résiste: exaspéré, il lui plonge son poignard dans le sein; et se sauve en emportant l'objet de sa convoitise. Molly, témoin de cette scène d'horreur, semble frappée de la foudre; la force

lui manque pour appeler du secours,
le scélérat la trouvant sur son passage
la pousse si rudement qu'elle chan-
celle et va tomber à vingt pas. Afin
de n'exciter aucun soupçon, l'assassin sûr que ses victimes sont hors
d'état de le suivre, ralentit son pas,
et sort avec un calme apparent. Le
portier lui ouvre la porte. — Je vous
remercie, mon ami; faites, je vous
prie, mes complimens à M. le marquis de Limandre, et dites-lui que
c'est de la part du père de mademoiselle Elisa de Lappallin, et envoyé
par elle. — Ah! Monsieur, dit le
bon homme, vous avez une fille charmante, et qui était aimée de tous
ceux qui avaient le bonheur de la
connaître.

Étourdie de sa chute, Molly, fut
quelques minutes avant de pouvoir se
relever. Les gémissemens qui par-
taient de la pièce voisine, lui rendirent tout son courage ; elle vole
vers l'escalier en criant : arrêtez l'assassin! puis rentre dans la chambre du
massacre. Tous les valets accourent :
quel horrible spectacle s'offre à leurs
yeux ! Edgar gisant sur le plancher
et rendant le dernier soupir ; mistriss
Sidney, étendue sur un fauteuil,
couverte du sang qui sortait d'une
large blessure faite au-dessous du
sein droit. Elle paraissait sans vie.
Arrive, en ce fatal moment, Ethelbald ; personne ne peut l'instruire du
sujet qui a pu avoir un résultat aussi
funeste. La seule Molly est en état de

satisfaire à ses demandes, mais l'instant n'est pas propice à faire et à écouter un récit ; le plus pressé est de secourir les blessés. M. Sidney ordonne à un de ses gens, d'aller à Dherfort chercher un chirurgien ; ensuite on s'occupe de déposer les corps sur des lits. Tous deux ne donnaient aucun signe d'existence. Les remèdes usités furent vainement mis en usage. Plusieurs heures s'écoulèrent sans opérer aucun changement dans la situation des blessés.

Nous croyons devoir apprendre au lecteur, les raisons qui avaient ramené Edgar et Ethelbald au château ; le projet du premier avait été de chasser, avec son beau-frère, toute la journée. Même avant de

quitter Sempervive, M. Barnesley
s'était plaint d'un violent mal de tête;
espérant que le grand air et l'exercice
pourraient le dissiper, il partit avec
Ethelbald. Le mal ayant augmenté
il se décida à revenir au château.

Molly, sans reconnaître le père
d'Elisa dans l'individu qui voulait
parler à sa maîtresse, lui trouva un
air suspect. La manière dont elle
avait été renvoyée excita ses soupçons, et lui donna la curiosité de
s'assurer s'ils étaient bien ou mal fon-
dés. D'un cabinet où l'on pouvait
avoir accès sans passer dans l'appartement de mistriss Sidney, Molly
savait qu'on pouvait entendre tout
ce qui se disait dans l'intérieur de
la chambre; elle s'y glissa sans bruit,

et ne perdit pas un mot de l'horrible conversation, dont nous avons rendu compte. Voyant qu'enfin sa maîtresse accédait à la volonté du voleur, elle sortit de sa cachette, avec l'intention d'amener plusieurs domestiques pour être témoins et prendre le scélérat sur le fait. Elle rencontre sur l'escalier M. Barnesley, et lui raconte, en peu de mots, la situation critique où se trouve sa maîtresse : Edgar, quand il sortait, avait l'habitude depuis l'aventure où Sidney et le marquis avaient pensés être assassinés, de porter, sur lui, un pistolet chargé. On a vu combien il est dangereux de ménager les brigands. Barnesley fut victime de ce système, qu'il faut être avare du sang, même

de celui des plus grands monstres.
L'expérience, depuis long-temps,
nous prouve que nous n'avons pas
de plus terribles ennemis, que ceux
que trop de bonté ont préservés du
dernier supplice.

A l'arrivée de l'homme de l'art,
on acquit la douloureuse certitude
qu'Edgar était mort. La connaissance
fut rendue à Thérésa; en ouvrant les
yeux, elle les tourna sur le corps
inanimé de son frère : — Infortuné
Edgar, dit-elle, tu me devances de
peu d'instans dans la tombe, je te
suivrai bientôt; mais notre séparation n'en sera pas moins éternelle. La
marche que nous avons suivie en ce
monde, ayant toujours été diamétra-
lement opposée, notre rencontre

dans l'autre est devenue impossible.
Le docteur parut effrayé de la pro-
fondeur de la blessure ; il y mit le
premier appareil et refusa de porter
un jugement avant le lendemain ;
dans tous les cas, il prescrivit un silence absolu.

Ethelbald se livra à la plus grande
affliction ; non-seulement il perdait
dans la personne de son beau-frère,
un intime ami, mais, d'après le peu
de mots qu'avait prononcés sa femme,
il n'était que trop probable qu'elle
n'était pas étrangère à la mort d'Edgar ; pensée horrible! les détails que
lui donna Molly, lui confirmèrent la
réalité de ses soupçons. En quittant
mistriss Sidney dont la vue lui faisait mal, il allait se retirer dans la

bibliothèque, quand le marquis accourut à sa rencontre. — Que viens-je d'apprendre, mon cher Ethelbald? deux assassinats viennent, dit-on, d'être commis ici par le père d'Elisa! Sidney prie son ami de s'expliquer. Eugène lui rend compte de ce qu'il vient d'apprendre du portier. Ce nouvel incident ajoute à l'horreur de la situation des deux amis; mademoiselle de Lappallin avait emporté l'estime et l'attachement général : comment se persuader que son père, guidé par les instructions de sa fille, soit venu à Sempervive, pour y commettre deux crimes atroces. — Molly qui était présente, assure que l'homme qui s'est dit le père d'Elisa, n'avait point l'intention de tuer, mais

bien de voler ; elle défendit aussi
mademoiselle de Lappallin de l'accusation d'avoir donné des renseignemens au misérable, qui peut-être
ne tient à elle par aucun lien. Le
marquis, étonné d'entendre Molly
parler avec une sorte d'assurance,
fixa son regard sur elle. — Vous me
paraissez fort instruite, Molly, dans
cette affaire. Molly eut l'air embar-
rassé, néanmoins elle se rassura, et
expliqua comment elle avait entendu
la conversation de sa maîtresse avec
l'assassin, et raconta mot pour mot,
ce qui s'était dit entre eux. — Ainsi,
dit M. Sidney, mon épouse est complice de ce misérable ? — C'est une
conséquence, dit la suivante, qu'on
peut tirer sans crainte d'être injuste.

— Mais enfin, dit M. de Limandre,
soupçonnez vous quel peut être cet
homme atroce ? — Il se dit le père
d'Elisa. — L'est-il effectivement ?
Molly hésita à répondre : — Je ne
puis vous dire rien de positif à ce sujet. — Molly, dit Ethelbald, vous
en savez plus que vous n'en voulez
dire ? — Cela est possible. — Prenez
garde, reprit Eugène, que vos réticences ne vous donnent un air de
culpabilité. — J'ai fait prévenir le
juge-de-paix du canton, dit Ethelbald, il sera fait ici une descente de
justice ; tous les domestiques seront
questionnés ; je ne pourrai m'empêcher de dire que vous avez écouté à
la porte de votre maîtresse : il me faudra, aussi, rapporter vos observa-

tions. — Si vous tenez à l'honneur,
Monsieur, je vous conseille de ne pas
me faire interroger. Malheur à mistriss Sidney, si l'on exige de moi le
serment de dire toute la vérité. —
Je ne puis, je ne veux rien dissimuler, dit avec véhémence M. Sidney;
si la malheureuse, que ma triste destinée à liée à mon sort, est coupable,
elle doit subir la peine due à ses crimes; le marquis essaya vainement
de faire changer la résolution de son
beau-frère. — Si le déshonneur devait atteindre les parens du criminel,
dit Ethelbald, la juste punition in-
fligée à ce dernier, étant une répa-
ration publique, là tache est totalement effacée; c'est ainsi que l'a voulu
la sage constitution de mon pays.

A la levée du premier appareil, le chirurgien dit que la blessure de mis- triss Sidney était dangereuse, mais point mortelle. — Néanmoins, ajou- ta-t-il, elle le deviendrait, si sa tran- quillité était troublée; la plus légère émotion lui serait fatale.

Les suppôts de la justice se pré- sentèrent au château, dès le matin : le meurtre de M. Barnesley fut cons- taté. Tous les valets furent interrogés séparément. Ceux envoyés à la re- cherche de l'assassin, revinrent an- noncer que deux hommes avaient pris, deux jours avant, des informa- tions sur le nom et le nombre des habitans de Sempervive. Depuis ils ne s'étaient plus montrés, et aucune trace n'indiquait la route qu'ils avaient

suivis. Personne ne s'était rencontré
sur leur chemin.

Molly s'était jetée aux genoux
d'Ethelbald pour obtenir qu'il ne de-
vînt pas l'accusateur de son épouse.
—Ce n'est pas pour moi, lui dit elle,
que j'implore votre silence ; le seul
reproche qu'on peut me faire, c'est
d'avoir été fidèle au serment qu'on
m'a fait prêter, de ne rien révéler de
ce que je pourrais voir. Mais, l'intérêt que vous portez, ainsi que nous
tous, à la douce et vertueuse Elisa,
doit être un motif pour ne pas incul-
per celle qui est la complice du père
de cette jeune personne. — Cet
homme est généralement connu pour
être l'assassin ; et il a nommé Elisa sa
fille, l'accusation est trop vague

III. 4

pour être prise en considération. On
présumera que le scélérat, dans l'espoir de rester inconnu , s'est servi
du premier nom qui s'est présenté à
son esprit. Le marquis qui ne pouvait oublier qu'il avait été à la veille
d'épouser mademoiselle de Lappallin, pour laquelle il avait ressenti
un vif attachement, se joignit de
nouveau à Molly ; ils obtinrent que
M. Sidney ne rendrait compte que
de ce qu'il avait vu. — Si l'on ne
m'interpelle pas, ajouta-t-il, pour dire
la vérité, je bornerai là ma déposition.

Il fut très-facile de faire croire au
juge de paix et consorts, que Thérésa et son frère avaient été assassinés en se défendant contre le voleur

qui s'était introduit au château. Ainsi
Mistriss Sidney parut dans la procé-
dure comme victime et non comme
complice.

Ethelbald et le marquis exigèrent
de Molly un détail circonstancié et
un récit exact de tout ce qui était
venu à sa connaissance sur la conduite
mystérieuse et coupable de sa maîtresse. —Je ne le ferai, répondit-elle,
qu'après avoir obtenu sa permission.
Elle a reçu mon serment, elle seule
peut m'en relever. Cette difficulté parut fort étrange aux deux beaux-frères. —Cependant, dit Eugène, vous
étiez décidée à tout révéler à la justice.
—Sans doute, puisque le juge m'aurait
fait jurer de dire toute la vérité; ce
nouveau serment détruisait, de droit,

le premier.—Vous ne pouvez présumer, dit M. Sidney, que Thérésa consente à la divulgation de ses crimes.—La crainte de la mort affaiblit les organes ; je crois pouvoir vous assurer que vous recevrez sa confession d'elle-même. Déjà j'ai surpris quelqu'indice de remords ; en les encourageant, je ne doute pas qu'ils ne produisent des aveux. Il fallut bien consentir à laisser cette fille agir à sa manière.

Ce funeste événement ayant retenu le marquis au château, il fut quelques jours sans aller à la ferme de New-Building. Mistriss Forsaken qui avait conçu pour lui beaucoup d'amitié, en était d'autant plus inquiète qu'elle avait appris ce qui s'était passé

à Sempervive. Elle craignait qu'Eugène n'eût reçu quelques blessures en
défendant Thérésa. Les rapports ne
sont jamais exacts dans ces sortes de
circonstances ; cependant ne voulant
paraître ni importune ni curieuse,
elle n'osa hasarder aucune démarche.
Son anxiété croissait à chaque instant ;
heureusement une visite de M. de
Limandre y mit un terme.

Connaissant la discrétion de mistriss Forsaken, il ne lui dissimula ni
la nature des crimes, ni la part que
mistriss Sidney avait à la mort de son
malheureux frère. Il confia aussi à son
amie, ce qui avait eu lieu avec Molly
et l'espoir qu'elle avait donné à Ethelbald et à lui; que sa maîtresse ferait
elle-même l'aveu de sa conduite cou-

pable.—Plût à Dieu! s'écria mistriss
Forsaken, que ces complices fussent
dans les mêmes dispositions!—J'en
doute, dit le marquis, le monstre
qui a porté les coups me paraît un
scélérat consommé. — Tôt ou tard les
lois l'atteindront, reprit l'étrangère,
mais que de malheurs peuvent arriver
d'ici-là! il faut si peu de temps pour
faire beaucoup de mal, et il en faut
tant pour le réparer! Souvent même
la chose est impossible,—Pensez-
vous, demanda Eugène, que ce misérable soit effectivement le père de
la vertueuse Elisa?—Je ne le crois
nullement; et il est présumable que
c'est un raffinement de scélératesse
qui l'a porté à jeter ce manteau du
déshonneur sur l'innocente créature

qu'il voulait perdre dans l'esprit des
habitans du château. — C'est ainsi
que tous ceux qui ont connu cette
charmante fille , ont interprété la
conduite de ce barbare.

CHAPITRE XXV.

Elisa arrachée des bras protecteurs de mistriss Clifton, fut presque portée par son père dans la chaise qui attendait à vingt pas du cabaret. — — Insensée, lui dit-il, avez-vous pu espérer vous soustraire à l'œil vigilant de la haine?—Si vous voulez que je vous considère comme mon père, ne me dites donc pas que vous me haïssez. — Votre opinion, quelle

qu'elle puisse être, n'est pour moi
d'aucune valeur. Je ne vous demande
pas de m'aimer, je ne veux qu'être
obéi. Soumettez-vous à la nécessité.

A la grande surprise d'Elisa, elle
vit qu'on la faisait revenir sur ses pas.
En très-peu de temps, la voiture rentra dans la capitale. Après avoir tra-
versé tout le quartier de Westminster, on arriva à la porte d'une maison de pauvre apparence, située dans
une rue fort étroite. —Prenez garde,
lui dit son père, de faire le moindre
mouvement qui manifeste votre répugnance à m'accompagner. Une parole, un geste, contraire à mes ordres, et votre sort à venir n'en sera
que plus misérable. Sans répondre,
mademoiselle de Lapallin suivit son

4.

guide. Il la fit monter un escalier
assez propre et l'introduisit dans un
appartement où elle trouva madame
de Montdésir. Une joie féroce parut
animer les traits de sa cruelle ennemie. — Nous la tenons donc encore,
dit-elle, cette fille perverse qui pré-
fère fuir avec un valet, que de devenir la femme légitime d'un honnête
homme. Cette fois, la belle enfant,
vous ne nous échapperez plus. —
Avez - vous préparé , madame, la
prison qui doit me recevoir ? — Tant
de condescendance est vraiment une
chose admirable ; continuez à vous
soumettre, avec cette angélique résignation, et vous pourrez peut-être
adoucir la rigueur du sort qui vous
est réservé. Je suis sûre que votre

père vous rendra toute sa tendresse ;
et que vous deviendrez la plus heureuse des filles. Ce discours, prononcé
du ton de la plus amère ironie, ne
fit aucune impression sur l'infortunée
à laquelle il était adressé : seulement
elle demanda encore une fois à être
conduite dans le lieu qui lui était destiné.—Je dois avant tout, lui dit son
père, vous prévenir que Meurice,
ce digne amant de votre choix, a
été chassé de ma maison pour avoir
cédé à vos coupables séductions. —
Ainsi, cet homme compatissant a été
victime de la bonté de son cœur. —
Du moins elle est sincère ; cet aveu
de sa complicité avec Meurice nous
prouve que nous l'avions bien jugé.
Elisa vit alors qu'elle avait trahi le

mystère de son évasion : trompée par les paroles de son père, elle avait cru que l'auteur de sa fuite était connu; combien elle se reprocha d'avoir compromis celui à qui elle devait tant de reconnaissance!

La chambre qui lui fut assignée, était proprement meublée; elle ne manquait d'aucune commodité; seulement la fenêtre en était grillée. Dès qu'elle y fut entrée, on referma la porte sur elle à double tour. A l'heure des repas, son père la faisait descendre dans le parloir, puis la ramenait dans son logement.

La première semaine s'écoula sans qu'on lui adressât la parole, autrement que pour les choses nécessaires aux besoins de la vie.

Un matin, madame de Montdésir
entra chez elle, tenant un paquet
sous son bras. — Voici, lui dit - elle,
quelques robes qu'il faut essayer. —
La mienne est encore très-bonne. —
Je suis venue pour vous donner un
ordre, et, non pour vous consulter.
Elisa passa les vêtemens, qui lui allaient fort bien. Ils furent laissés sur
un siége.

Elisa était depuis quinze jours dans
sa triste demeure, n'ayant d'occupa-
tion que ses souvenirs. Vainement
elle avait demandé qu'on lui donnât
quelque ouvrage. Le travail est un
besoin dans la solitude. Ses persécuteurs avaient sans doute leurs raisons pour rendre sa situation tellement insupportable, qu'elle fût

moins difficile sur le choix des moyens qui pourraient la faire changer.

En sortant de table, madame de Montdésir monta dans sa chambre avec elle, et au lieu de l'enfermer comme à l'ordinaire, elle entre et lui ordonne de s'habiller avec soin. Elisa refuse de faire une nouvelle toilette. — Madame de Montdésir insiste. Elisa persiste. Une terrible menace la décide à l'obéissance. Madame de Montdésir, qui lui sert de femme - de - chambre, veut aussi arranger ses cheveux, et semble se complaire à la rendre encore plus jolie. — Vous êtes charmante, lui dit - elle, et si vous ajoutez à votre beauté naturelle le désir de plaire,

je garantis qu'aucune conquête ne
pourra vous échapper. Ce discours
fit rougir Elisa sans pourtant en deviner le but. A peine la dernière
main était mise à sa parure que son
père entra. — Je viens vous chercher, dit-il à sa fille ; il y a en bas
un monsieur que j'ai de grands motifs de ménager ; il désire vous voir.
— Comment peut-il vouloir une entrevue avec une personne qu'il ne
connaît pas ? Sans répondre, il prit
la main de sa fille et la força à le
suivre. Alors Elisa fit la remarque
que son père et madame de Montdésir étaient plus parés qu'à l'ordinaire. L'air du père était soucieux,
celui de la dame était inquiet. —
Faites bien attention, Elisa, lui dit

son père avant d'entrer dans le parloir, que le sort et la vie de plusieurs
personnes dépendent de la manière
dont vous vous conduirez avec le
monsieur près de qui vous allez être
introduite. Un homme de cinquante-
cinq à soixante ans se lève et vient
au-devant d'Elisa. — Elle est vraiment adorable, dit-il; vous ne m'a-
vez pas trompé. Approchez , ma
belle fille, continua-t-il en prenant
familièrement la main d'Elisa et l'at-
tirant sur le sofa où il était placé.
Elisa, interdite et tremblante, resta
quelques instans sans paraître rien
comprendre aux paroles et aux ges-
tes de l'inconnu. Cependant elle
tarda peu à revenir de la surprise ou
plutôt de l'indignation que lui inspi-

rait la conduite des trois êtres qu'elle
avait sous les yeux ; et recouvrant
toute son énergie, elle retira fortement sa main, puis reculant quelques pas, elle demanda, avec un
ton imposant, quel motif pouvait
avoir porté un homme, qu'elle ne connaissait pas, à la traiter avec autant
de familiarité. L'étranger se tourna
vers le père d'Elisa, et lui dit, avec
beaucoup d'humeur : — Que signifie
cette impertinente réception ? Vous
n'avez donc pas prévenu cette créature de nos conditions ? — Ne vous
étonnez pas de la trouver un peu timide ; cela passera bien vite. — Je
ne me plaindrais pas qu'une jeune
fille fût timide, modeste, craintive
même ; mais celle-ci prend un air

de supériorité qui,.. qui m'en impose.
Je n'aime pas à combattre pour triom-
pher. Je conviens qu'elle est fort jolie ; je m'en accommoderais à merveille ; mais, je le répète, la bonne
volonté, ou marché rompu. Puis s'a-
dressant à Elisa : — Ma belle enfant,
vous me plaisez assez ; je suis en état
de vous faire un sort; voulez-vous
être ma maîtresse ? Répondez oui ou
non. Dans les deux cas, ce sera une
affaire bientôt bâclée. Elisa prononça
sur-le champ un *non* bien articulé.
— Voilà ce qu'on appelle de la fran-
chise. Je vous sais gré de ne pas me
tenir en suspens. Puis se tournant
vers le père d'Elisa : — Vous n'ignorez pas, lui dit-il, que les dettes
d'honneur se paient dans les vingt-

quatre heures. Il y a déjà trois jours
que vous me devez six cents livres
sterlings, je pourrais les exiger sur-
le-champ; mais, naturellement bon,
je vous accorde un répit de deux
jours ; ce délai écoulé, j'userai de
tous mes droits. Faites-y attention.
— Vous m'aviez promis la remise
de moitié, et un an pour satisfaire à
l'autre. — Vous m'aviez aussi promis
ce que vous ne pouvez tenir ; ainsi,
nos conventions doivent être regar-
dées comme non avenues. — Je vous
jure de remplir ma parole. — Il me
faut un assentiment volontaire. En
plaisirs comme en affaires, je désire
obtenir et non arracher. Vous connaissez mon intention ; agissez en
conséquence. Au revoir. Adieu, char-

mante sauvage; il ne tenait qu'à vous
de faire plus d'un heureux ; mais,
comme je ne suis pas égoïste , je
vous souhaite beaucoup de bonheur.
Malgré les prières et les instances de
madame de Montdésir et du père
d'Elisa , le monsieur sortit.

Dès qu'il eut quitté le parloir, les
deux persécuteurs de mademoiselle
de Lappallin , lui firent les plus sanglans reproches. — Vous vous re-
pentirez , lui dit son père, d'avoir
trompé notre espérance. — Hélas !
dit l'infortunée, deviez-vous la concevoir? Si, effectivement, j'étais votre enfant, auriez-vous formé l'affreux
projet de me couvrir d'infamie? —
Retire-toi , fille maudite. Le temps

n'est pas éloigné où tu regretteras d'avoir désobéi à ton père.

Rentrée dans sa chambre, Elisa versa un torrent de larmes : la conduite criminelle de ses ennemis n'était plus un problème ; que deviendrait-elle ? Bien décidée à opposer une ferme résistance aux odieuses propositions du couple pervers qui spéculait sur l'honneur de sa victime, elle ne voyait que la mort qui pût la soustraire à leur pouvoir. Sans secours d'aucun genre , puisque nul autre que madame de Montdesir et son complice n'habitait la maison , jamais sa situation ne fut plus déplorable, et néanmoins que n'avait-elle pas déjà souffert ?

Elisa passa la nuit dans la plus terrible agitation ; de ferventes prières furent adressées, par elle, au Créateur, pour en obtenir sa délivrance ou la résignation proportionnée aux maux dont elle était accablée.

On ne l'avait pas appelée le soir pour prendre le thé : le même oubli, ou négligence, la priva du déjeuner Toute à sa douleur, elle ne songeait pas qu'elle n'avait rien pris depuis vingt-quatre heures. Vers midi, elle entend monter, et croit qu'on lui apporte le repas du matin. C'était son père, suivi de deux hommes. — Voilà, dit-il en montrant Élisa, la malheureuse qui, sous un faux nom, s'est introduite dans ma maison, et par d'astucieux mensonges a eu la criminelle adresse de m'emprunter

soixante livres sterlings, ce qui joint
à la dépense qu'elle a faite chez moi,
comme loyer , nourriture, etc...,
fait monter sa dette à cent vingt livres sterling. Au lieu de chercher à
m'adoucir , la misérable me nargue
et refuse même de me donner l'argent qu'elle a reçu la semaine dernière. Lassé autant que révolté de sa
conduite, je me suis décidé à obtenir
un *warrant* : vous en êtes porteur,
faites votre devoir.

Elisa regarde autour d'elle ,
croyant que tout ce qu'elle vient d'entendre s'adresse à une autre. Assurée
qu'elle est seule , et que c'est d'elle
dont son père a fait un portrait aussi
atroce, elle se figure que des prestiges
mensongers ont entièrement fasciné

son esprit. Elle est tirée de l'espèce
de stupeur dans laquelle elle était
tombée, par la demande, que lui fait
le constable, de lui payer les cent
vingt livres qu'elle doit. — Je ne
possède rien au monde, dit-elle. —
Ainsi, vous refusez de vous acquitter. — Volontairement, je n'ai contracté aucun engagement. — Vous le
voyez, sa mauvaise foi est manifeste.
— Croyez-moi, jeune fille, si la
chose vous est possible, ne me forcez
pas à user de rigueur. Payez à Monsieur le tout ou au moins un à
compte. — Je vous ai dit la vérité,
et mon père sait bien que je n'ai pas
la plus légère ressource. Sa réclamation doit même vous paraître aussi
étrange qu'à moi. — Ainsi, dit le

constable, cette jeune personne est votre fille ? — Vous me voyez confondu de cet excès de fourberie. Jamais je ne fus marié, et je ne connais cette vile créature que depuis que je lui ai loué cette chambre. Elisa, se levant de son siége, fixe les yeux sur l'imposteur. — Répétez, lui dit-elle, les mêmes paroles : dites encore que vous n'êtes pas mon père. Le scélérat baisse le regard, et dit d'une voix faible. — Je le jure. Un sourire radieux voltige sur les lèvres de l'orpheline. — De quel poids, s'écria-t-elle, cet aveu soulage mon cœur ! Sortons vite de ce lieu, Monsieur, le sentiment de bonheur que j'éprouve en quittant cette maison, me rendra supportable

le séjour de la prison où vous allez
sans doute me conduire. Elisa inter-
rogée par le constable, si elle avait
le moyen de payer une voiture
de place, se ressouvint des six guinées qu'elle, avait en quittant Sempervive, et qu'elle n'avait pas eu,
depuis, occasion de dépenser ; elle
les lui montra. Celui qui venait de
la renier pour sa fille, voulut s'en
emparer; le constable s'y opposa et il
emmena sa prisonnière.

— Comme il paraît, jeune infortunée, dit le constable à Elisa, quand
ils furent dans le fiacre, que personne ne s'intéresse à votre sort, je
vous conduirai directement en prison ; du moins le peu d'argent que
vous avez, servira à vous procurer

quelques douceurs; si je vous gardais
chez moi, ne pouvant vous faire réclamer, vos petits fonds seraient bientôt dépensés. Mais, mon enfant, est-
il bien possible que votre père se
soit porté à une pareille extrémité ?
— Cet homme n'est pas mon père,
vous avez entendu qu'il l'a juré. —
Cependant vous vous disiez être sa
sa fille. — Hélas! je le croyais. —
Votre langage énigmatique me
prouve qu'il existe entre vous et les
gens chez qui vous étiez, des secrets
et des mystères. Il serait possible
d'en tirer la conséquence qu'il serait dangereux pour tous de les
révéler. Néanmoins je trouve en votre personne une candeur que ne
peut feindre la fille sans honneur ; et

je me sens porté à vous croire innocente. Si vous pensez qu'il y ait
quelqu'un à Londres dans le cas de
vous tirer de la triste situation où
vous vous trouvez, donnez-moi
son adresse, et je m'y transporterai
après vous avoir déposée à la prison.
Ne doutez pas, jeune infortunée, que
je ne fasse tout ce qu'il me sera possible pour disposer en votre faveur
ceux vers lesquels vous me dirigerez.
— Je connais une dame respectable
et aussi un homme qui mérite la
même désignation : nul doute qu'ils
ne s'empressent l'un et l'autre de
venir à mon secours, mais je ne puis
vous dire où ils demeurent, n'étant
jamais sortie seule ; j'ignore le nom
des rues où sont situées leurs mai-

sons. — Vous savez leur nom ? —
Mistriss Clifton et M. Webb. —
Vous ne pourriez me donner aucun
renseignement qui pût servir de
guide à mes démarches ? — Hélas !
aucun. Le sensible constable, malgré sa bonne volonté, renonça, du
moins pour l'instant, à être utile à la
prisonnière ; autrement qu'en lui
faisant donner un logement qui ne
la confondait pas avec des créatures
dissolues. Elisa eut pour compagnes
de chambre trois femmes, dont deux
étaient plus malheureuses que coupables ; cependant on ne les trouvait
pas sans reproches en examinant
leur précédente conduite ; mais à
l'extérieur et d'après leurs discours on

pouvait les croire victimes d'un sort
trop rigoureux.

Tel horrible que parût à mademoiselle de Lappallin le séjour qu'elle
habitait, elle était presque tentée de
bénir les circonstances qui l'y avaient
amenée, puisqu'elle leur devait la
certitude que l'auteur de ses maux
n'était pas son père. Je puis tout supporter, pensait-elle, excepté la honte
de me croire la fille d'un homme
aussi méprisable. Il lui semblait
même qu'il n'était pas autant coupable : du moins, ce n'est pas sur son
propre enfant qu'il a déversé toutes
les sortes d'infamie.

Parmi ses compagnes de malheur,
il y en avait une dont une extrême
tristesse était l'état habituel. Quoique

d'un âge peu avancé, elle paraissait
toucher aux portes du tombeau.
Pleurant toujours, ne se plaignant
jamais, et refusant toute autre nourriture que celle absolument nécessaire à son existence, l'infortunée
inspirait une sorte d'intérêt, même
aux gardiens, dont l'insensibilité
doit avoir été éprouvée avant d'être
agréés. Elisa, plus touchée encore
qu'aucun autre, d'une situation qui
annonçait une douleur profonde et
un entier découragement, chercha à
porter quelque soulagement dans ce
cœur si grièvement blessé. Pour
offrir des consolations à l'être malheureux, il faudrait connaître le sujet de ses souffrances morales, et
Clara était impénétrable. — J'ai mé-

rité mon sort, étaient les seuls mots
qu'on lui entendait prononcer. Sa
douceur, sa résignation étaient sans
exemple. Pauvre Clara ! prier et
pleurer étaient ses uniques occupa-
tions. Craignant de troubler le repos
de ses compagnes, les nuits elle retenait ses sanglots; mais ses soupirs,
malgré sa volonté, se faisaient un
passage. Elisa, tenue éveillée par ses
propres chagrins, les entendait, et
gémissait de ne pouvoir lui procurer
aucun adoucissement.

Le porte-clefs vint un matin appeler une des prisonnières: trop malade pour pouvoir quitter le lit, elle
pria instamment qu'on permît à la
personne qui désirait lui parler, de
venir la trouver. On amena un

homme âgé, vêtu décemment : il s'approcha en hésitant. En prononçant le nom de celle qu'il désirait voir, il semblait la chercher des yeux. Durant son examen, son regard se porta sur Elisa, et s'y arrêta avec une grande surprise. La femme pour qui était la visite, appela l'étranger, et lui dit qu'elle était la personne qu'il avait nommée. Ces paroles firent un singulier effet sur l'inconnu. — Je suis à vous dans l'instant ; mais auparavant, il faut que je dise un mot en particulier à cette jeune dame, dit-il en montrant Elisa. Non, non, reprit-il en s'interrompant ; je vais commencer par l'objet premier qui m'a attiré ici : j'aurai plus de temps ensuite. Tenez, continua-t-il en

5.

donnant à la malade une poignée
d'argent, voilà ce que vous envoie
l'homme généreux à qui vous avez
écrit. Sans écouter les remercîmens
de la personne, l'inconnu s'approcha
d'Elisa. — Miss Beverley veut-elle
être assez bonne pour m'accorder un
entretien secret? J'aurais à lui révéler des choses de la plus grande im-
portance. — Je ne puis deviner, dit
Elisa, pourquoi M. Blunt me donne
un nom qui ne m'appartient pas. —
C'est le vôtre; et personne n'a le
droit de vous le disputer. Milord
Beverley est votre père. — Milord
Beverley! s'écria la prisonnière affligée en s'élançant de son siége, ce
ne peut être que le fils de celui qui
était le propriétaire du château de***,

qui est mort depuis plusieurs années :
il doit se nommer Edward ? — C'est
lui-même. — Dieu soit loué ! Hélas !
je croyais qu'il avait succombé à la
rigueur de son sort. C'est une victime de moins dans le nombre de
ceux que le vil intérêt m'a fait sa-
crifier. En s'accusant elle - même,
cette femme avait excité la curiosité
générale, et on lui témoigna le désir
d'en apprendre davantage. — Je ne
me refuserai pas plus long-temps,
dit-elle, à vous satisfaire. Celle qui
n'a pas craint de commettre des crimes, lorsqu'elle a connu le repentir, doit s'imposer la douloureuse
punition d'en faire un aveu sincère.

« Mon père était depuis son en-
fance au service de milord Beverley.

A vingt ans il épousa la première
femme de chambre de Mylady. Les
deux époux étaient justement et également aimés et estimés de leurs
maîtres. Je fus le seul fruit de cette
honnête union ; jusqu'à l'âge de seize
ans je ne donnai que de la satisfaction à mes parens ; excepté une grande
coquetterie, on ne pouvait trouver
rien à redire dans ma conduite ; la-
borieuse, docile et zélée, tout le
monde, au château de *** dont Mylord faisait sa résidence habituelle,
tout le monde, ai-je dit, chérissait
la petite Betzy. Rien, dans ma figure,
n'annonçait que je dusse être jolie.
Malheureusement mes traits se déve-
loppèrent, et rendirent mon visage
extrêmement agréable : plus mal-

heureusement encore, milord Béverley remarqua ce changement : pendant long-temps ses poursuites m'ins-
pirèrent plus de crainte que de plaisir.
Il persista; je résistai. Durant ce débat, milady mourut d'une maladie
épidémique qui emporta six de ses
enfans, trois garçons et trois filles;
les deux qui restèrent étaient Edward
et son frère aîné. Ce dernier possé-
dait toute la tendresse de son père :
le cadet, au contraire, n'avait que
son indifférence; je puis même dire
qu'il avait conçu pour ce jeune homme un éloignement qui ressemblait à
la haine. Ne soyez point incrédules,
dit Betzy, en lisant sur le visage de
ses auditeurs un air de doute, justifié
par le peu de vraisemblance du fait

rapporté par la prisonnière, attendez pour juger de la vérité de mon assertion. La suite de mon récit fera cesser tous vos doutes.

« James Beverley, exact portrait de son père, renfermait dans son sein les passions les plus violentes; encouragé par les éloges de milord, il n'essaya pas même de se corriger. Edward, doué des plus aimables qualités, était pour lui un objet de jalousie. Egalement détesté de son père et de son frère, le jeune Beverley éprouvait un découragement qui lui fit désirer la mort. Chaque jour lui apportait de nouvelles preuves de l'antipathie de milord et de James; néanmoins sa douceur ne se démentit jamais : abreuvé de duretés et d'hu-

miliation, il était toujours fils respectueux et frère dévoué.

« Depuis la mort de ma maîtresse,
j'éprouvai moins de répugnance à
écouter les sermens d'un amour éternel, que me faisait mon maître. L'espoir qu'il me laissait entrevoir, que
je pourrais un jour devenir son épouse,
semblait applanir toutes les difficultés que je lui avais précédemment
opposées. Néanmoins, le temps s'é-
coulait et rien ne m'annonçait que
milord fût disposé à tenir l'espèce
de promesse qu'il m'avait faite. Je
n'aimais pas mon maître, mais j'avais
beaucoup d'ambition. Je crus devoir
pour l'enlacer entièrement, ne plus
combattre. Je cédai : et dès-lors milord m'annonça que le titre de sa

maîtresse était le seul sur lequel je dusse jamais compter. Je sentis ma faute, mais ne pouvant la réparer, force fut de me soumettre : voulant user du misérable avantage que je tenais de mon déshonneur, je cessai de cacher ma honte, et fus reconnue pour la maîtresse de milord. Mon père et ma mère en moururent de chagrin.

« Lord James ne pouvant plus supporter la supériorité d'Edward, signifia à son père qu'il fallait que son frère ou lui quittât le château. Milord Beverley, au désespoir, pria son favori de ne pas l'abandonner. —Je sais un moyen, dit James, de nous débarrasser d'Edward; milord frémit, son regard effrayé indiqua ses craintes à son fils.—Vos appré-

hensions ne sont pas fondées, continua James, Edward périra comme
un brave en défendant sa vie. Je le
forcerai à se battre avec moi, la
chance sera égale, en apparence,
entre nous.—Et si tu allais succom-
ber?— Cela est impossible ! à peine
Edward sait-il tenir son épée, et
vous connaissez mon adresse. Oh!
aveuglement d'une tendresse sans
bornes ! Il ne vint pas même à l'idée
de mon maître que le projet de son
fils aîné n'était autre chose qu'un as-
sassinat masqué. Mylord approuva
tout. Mais il restait une difficulté. Un
témoin était absolument nécessaire.
—Dans le cas, dit James, où je serais assez heureux pour percer le
cœur de mon frère, je rentre au châ-

teau, et nul soupçon ne tombe sur
moi; mais si Edward parvient à me
faire une blessure, ce qui est presqu'impossible, il est indispensable
que quelqu'un dépose que mon frère
fut l'agresseur, que je suis devenu sa
victime.—Betzy nous servira de témoin.—Etes-vous sûr de sa discrétion?
—J'en réponds sur ma tête. Si cette
fille se refusait à réaliser votre espoir,
j'ai un moyen sûr de lever toutes ses
objections. Il avait bien raison de ne
pas douter de l'efficacité du moyen.
Le serment que me fit mylord de
m'épouser aussitôt après l'affaire qui
aurait lieu entre les deux frères, soit
qu'Edward fût tué ou forcé de s'éva-
der, me décida à faire tout ce qui me
serait ordonné.

« Le vœu de James ne fut pas accompli. Son frère, après avoir refusé dix fois de se mettre en garde contre lui, fut obligé, pour défendre sa vie, d'accepter l'épée qu'avait apportée James. Je m'étais placée de manière à voir sans être vue. Je m'apperçus bien qu'Edward ménageait son frère de même que je ne pus douter que James, se croyant sûr de la victoire, cherchait à frapper Edward au cœur. Ayant trouvé plus de résistance qu'il n'en attendait, James, voulant en finir, s'abandonna, en poussant fortement son épée ; alors le pied lui manqua, il voulut se retirer, fit un *soubresaut* et tomba sur le fer de son adversaire avec tant de violence que l'épée entra dans son corps de plus

de quatre pouces. Le désespoir que
témoigna Edward m'attendrit. Pauvre jeune homme! pensai-je, il donne
d'amers regrets à celui qui voulait lui
arracher la vie. Emporté par la sensibilité du moment, j'allais crier à
Edward de prendre la fuite quand
je le vis s'éloigner. Je m'approchai
de James qui vomissait des injures
contre le sort.—Vite, Betzy, me dit-
il, arrachez l'épée qui est restée dans
mon sein, brisez-en la lame et ca-
chez le côté de la pointe dans la
terre : il ne faut pas que l'on voie
qu'elle était émoussée. Je ne puis
concevoir, ajouta-t-il, comment elle
a pu se faire un passage. Je me hâtai de lui obéir, mais au moment où
le fer fut ôté, le sang sortit à flots de

la blessure, et James perdit connaissance. Après avoir dérobé à la vue
le témoin de la déloyauté du fils aîné
de mon maître, je me mis à faire
d'horribles cris, appelant du secours
de toutes mes forces ; Mylord qui
était aux aguets, accourut suivi de
plusieurs de ses gens. Je jouai si bien
mon rôle, que nul doute ne s'éleva
contre la vérité de mon récit. Me
promenant, dis-je, j'apperçus les
deux frères prendre le chemin du
bosquet touffu ; curieuse de savoir
ce qu'ils avaient de secret à se dire,
je hâtai ma marche par des détours,
et j'y fus la première.— La place est
convenable, dit M. Edward en arrivant, allons, James, choisissez de
ces deux épées, et commençons un

combat qui ne doit se terminer que par la mort de l'un de nous. Vous remarquez sans doute, dit Betzy en s'interrompant, que j'ai fait dire à Edward les paroles qui sont sorties de la bouche de James. Enfin, je rendis compte, non-seulement de ce que j'avais vu, mais de ce qu'on m'avait prescrit de dire.

En voyant son fils chéri étendu sur la terre, et couvert de sang, mylord Beverley le crut mort, et se livra à la douleur la plus frénétique. L'insensé saisissant l'épée que tenait encore James, voulait s'en frapper. James fut porté au château, et un exprès fut dépêché à la ville pour y chercher un chirurgien; à son arrivée, le fils aîné de mylord Beverley n'existait plus. Ce malheureux jeune homme n'avait recouvré la connaissance et la parole, que pour supplier son père de pardonner à Edward. Après avoir proféré péniblement ce peu de mots, lord James rendit le dernier soupir. Il fallut user de violence pour arracher mylord Beverley du lit où gisait tout ce qui lui était cher au monde. Je le suivis dans sa chambre pour lui prodiguer mes soins, et lui offrir des consolations. Il fut durant vingt-quatre heures dans un état d'insensibilité, qui donna des inquiétudes au docteur ; il redoutait que mylord ne restât privé de la raison. Hélas ! c'était moi qu'il fallait plaindre et non pas mon barbare et injuste maître !

J'étais seule à veiller mylord,
quand il revint à lui : en lui entendant pousser des gémissemens et se
plaindre de la rigueur du sort, j'é-
prouvai une satisfaction qui fut de
peu de durée. La lampe venait de
s'éteindre, le jour commençait à paraître ; mon maître, jeta par hasard
les yeux sur moi. — Que faites-vous
ici ? me dit-il d'un ton courroucé. —
J'y suis venue pour remplir un devoir
doux et sacré, celui de soigner mon
époux futur. — Ton époux ! femme
aussi méprisable que méchante, retire-toi de ma présence. Sans toi, misérable, l'objet de mon unique tendresse ne m'aurait pas été enlevé. —
Miséricorde ! quel reproche injuste ?
Moi j'ai causé la mort de lord James ?

Revenez à la raison, mylord, et rappelez-vous les événemens qui ont précédé et suivi l'affreuse catastrophe. — C'est parce que toutes ces circonstances me sont présentes que vous me faites horreur. Nul autre que toi, n'aurait consenti à jouer le rôle infâme que tu as méchamment accepté. — Ne m'avez-vous pas ordonné d'être témoin de cet exécrable duel ? Voyant la répugnance que je témoignais à vous obéir, n'avez-vous pas eu recours aux prières ? néanmoins je continuai à refuser. C'est alors que vous usâtes du moyen que vous saviez irrésistible pour mon cœur ; l'assurance me fut donnée par un serment que je deviendrais votre épouse, n'importe l'issue de

III. 6

l'affaire; et aujourd'hui....—Aujour-
d'hui, reprit-il, en me coupant la
parole, je te maudis comme cause de
la mort de James. — Vous n'y pensez pas, mylord : et à moins que
vous ne cherchiez un prétexte pour
vous dispenser de remplir votre parole, je me persuaderai que la douleur a totalement aliéné votre esprit.
— Tant de témérité ne sera pas im-
punie, me dit le monstre, suffoquant
de colère, sortez de chez moi et n'y
reparaissez jamais. Révoltée d'une
conduite aussi perfide qu'exécrable,
j'osai le menacer de divulguer des
secrets qu'il lui était important de
ne pas laisser connaître. — Prends
garde à toi, et sois bien pénétrée de
la certitude que je te donne, qu'à la

plus légère indiscrétion sur ce qui
concerne moi et les miens, le poignard que je suspends sur ta tête te
percera le cœur. Voilà de quoi soutenir ta misérable existence durant
quelque temps ; il me jeta une poignée d'or. Retire-toi et ne perds pas
de vue qu'un homme comme moi
ne peut redouter le vil reptile qui ose-
rait lutter contre lui.

~~~~~~

CHAPITRE XXVI.

————

« L'effroi s'étant emparé de moi, je me hâtai de faire mes préparatifs de départ. Mes camarades témoignèrent un grand étonnement en recevant mon dernier adieu : je ne répondis rien aux demandes réitérées que me firent tous les domestiques, sur les raisons qui me faisaient quitter si précipitamment un maître qui m'avait toujours témoigné beaucoup d'attachement.

« Je ne vous fatiguerai pas, dit la

prisonnière, des détails d'une vie qui
fut souillée par des vices et des crimes. Le désir, seul, de faire connaître l'innocence, peut-être atta-
quée de M. Edward Beverley, a pu
me décider à découvrir des circonstances que je connaissais mieux que
personne, je me bornerai à vous dire
que depuis ma sortie du château, je
n'ai existé que du produit des plus
mauvaises actions. Plusieurs fois on
m'a largement payée pour témoigner
faussement. C'est une affaire semblable qui m'a conduite ici, d'où je ne
sortirai que pour expier près de vingt
années de désordres de tous les
genres.

Le peu d'intérêt qu'avait inspiré
cette femme, s'évanouit du moment

qu'on ne vit plus en elle qu'une grande coupable. Elisa fut la seule qui témoigna du regret de ne pouvoir adoucir sa misère. — Si miss Beverley, dit Blunt, veut me donner ses ordres, je remettrai à cette infortunée l'argent qu'elle me prescrira. — Dénuée, moi - même, de tout moyen, dit Elisa, il ne m'est pas permis d'être bienfaisante, en empruntant ce que je suis certaine de ne pouvoir acquitter. — Avant peu, miss, vous cesserez de vous croire sans ressource. Je vous laisse à regret dans ce lieu si peu fait pour vous, mais mon absence est indispensable, et sera de courte durée.

A peine deux heures s'étaient écoulées, qu'un guichetier vint avertir

mademoiselle de Lappallin , (nom
sous lequel elle était inscrite) ,
qu'elle était attendue au greffe; elle y
descendit sans se douter qui la faisait
appeler. En entrant, un cri de joie
lui échappa, et fut répété avec une
sorte de transport. — M. Webb! —
Ma chère Élisa! et ces deux personnes s'élancèrent l'une vers l'autre. —
Je te retrouve enfin, fille adorée,
et je te retrouve en acquérant la certitude que mon cœur ne m'avait pas
trompé en m'inspirant pour toi la
tendresse d'un père. — Dieu puissant! dit la jeune personne en joi-
gnant les mains et levant les yeux au
ciel, vous avez daigné exaucer mes
vœux secrets. Puis, tombant aux genoux de M. Webb, elle le pria de

répéter qu'elle était réellement sa
fille. La réponse fut de la faire relever et de la presser sur son sein.
Blunt, qui avait partagé l'ivresse de
son maître et d'Elisa, fut le premier
à sentir l'inconvenance de prolonger
cette scène touchante dans le greffe
d'une prison. Tirant doucement la
basque de l'habit de M. Webb.—Miss
Beverley est libre, lui dit-il; mylord
ne pense-t-il pas qu'elle serait beaucoup mieux à l'hôtel qu'ici? L'obser-
vation était si juste que l'on s'em-
pressa d'y faire droit. Après avoir
distribué de généreux pour-boire
aux guichetiers et laissé une forte
somme pour les prisonniers indigens,
le véritable père d'Elisa la conduisit à sa voiture, qui les transporta

rapidement à l'hôtel Beverley. La
première personne que vit Elisa dans
la salle, fut mistriss Clifton qui venait
à sa rencontre. Ces deux charmantes
femmes se tendirent les bras. Mylord
Beverley, que nous cesserons de nommer Webb, les porta plus qu'il ne
les conduisit dans un salon ; les plus
tendres caresses et les mots les plus
affectueux furent prodigués à Elisa.
L'ivresse de cette dernière se mani-
festa par des larmes. — O mon Dieu !
disait-elle, que de biens vous daignez
répandre sur moi ! Le père que vous
m'accordez avait déjà obtenu toute
ma tendresse : et vous joignez à ce
bienfait inappréciable une amie incomparable. Hélas ! il ne manque au
complément de mon bonheur que

6.

la présence.... Elisa s'arrêta, pâlit, et fut saisie d'un tremblement. — Mon enfant, dit mistriss Clifton, vous paraissez souffrir : tant de révolutions ne peuvent qu'influer sur votre santé: passons dans l'appartement qui vous est destiné, vous avez besoin de repos : demain vos sens et les nôtres seront plus calmes; nous causerons de nos projets pour l'avenir, et mylord Beverley, en vous faisant le récit des étranges événemens de sa vie, justifiera le titre respectable de votre père qu'il a pris, et dont il est juste que vous appreniez la réalité. Elisa rassurée sur la crainte qu'on avait pu tirer quelque conséquence de ce qui lui était échappé, se remit de son trouble et accepta la proposition de

ser etirer. Mistriss Clifton et le lord
Edward l'accompagnèrent, l'une
pour lui présenter une femme de
chambre, l'autre pour la prier, lui
ordonner même, de commander à
tous les domestiques comme lui-
même. — Ma fille bien-aimée, lui
dit mylord, ne verra autour d'elle
que des personnes empressées à satisfaire et à prévenir ses désirs. Elisa
comblée de tant de marques de bonté, tomba à ses pieds. Edward la
releva et la serra dans ses bras. — Ta
place, chère enfant, doit être sur le
cœur de ton père. Mistriss Clifton
mit fin à une scène trop attendrissante,
pour l'état de faiblesse d'Elisa, en
emmenant mylord Beverley.

Mistriss Clifton et milord avaient

fort bien remarqué la vive émotion
d'Elisa en exprimant le désir qu'une
personne, qui, sans doute, lui était
bien chère, fût présenté ; mais son
changement de couleur et le silence
qu'elle avait observé , au lieu de
terminer sa phrase , prouvaient le
regret qu'elle ressentait de s'être tant
avancée. L'un et l'autre, par délicatesse, feignirent de n'avoir fait aucune attention aux paroles qui lui
étaient échappées. Néanmoins, ce
fut pour eux, dès qu'ils furent seuls,
un sujet de réflexions. — Si Blunt ,
dit Edward, ne m'avait assuré qu'il
ignorait le sort de mon épouse, je
m'imaginerais que ma fille pensait à
sa mère. — S'il en était ainsi , dit
mistriss Clifton , qui empêcherait

qu'Elisa ne personnifiât celle qui lui donna le jour ? Mais, sans doute, elle croit que sa mère n'existe plus. Ne pouvant deviner l'objet que la jeune personne avait eu en vue, milord et son amie laissèrent au temps d'éclaircir une circonstance qui excitait vivement leur curiosité.

Le jour suivant ayant été désigné pour apprendre à miss Beverley l'histoire de ses parens, nous allons anticiper de vingt-quatre heures le récit annoncé; et comme il concerne plusieurs de nos personnages les plus marquans, nous nous voyons forcés de revenir sur nos pas, afin de réunir nos matériaux et d'en composer une suite aux événemens déjà connus.

On peut se rappeler que mistriss

Forsaken, en racontant ses malheurs au marquis de Limandre, a souvent mentionné le nommé Blunt, qui fut son geôlier et son libérateur. Cet homme, perverti par la rigueur des circonstances, n'était pas méchant comme on en a pu juger par le récit des événemens de sa vie, qu'il fit à mistriss Forsaken au château isolé durant sa longue captivité en ce lieu. Un enchaînement de malheurs l'avait mis sous la dépendance de Piétra. Forcé de le ménager, il lui fallut participer à toutes les mauvaises actions dont ce misérable se rendit coupable. Il n'osa avouer les plus atroces à mistriss Forsaken.

Lorsque Blunt facilita l'évasion de la prisonnière du château isolé, il lui remit deux cents guinées, fruit de ses épargnes. Le désir de procurer à cette femme intéressante les moyens d'exister durant quelque temps, fut sans doute l'objet principal qui guida sa générosité ; mais un autre motif vint aussi à l'appui : persuadé que la fuite de celle qui était confiée à sa garde lui serait imputée, et mettrait Piétra dans la plus grande fureur, il s'attendait à soutenir un combat avec lui, dont il ne pouvait qu'être victime ; car il connaissait assez la lâcheté de ce brigand pour être certain qu'il s'adjoindrait un de ses agens, et valet plus féroce, s'il est possible, que son maître. Il en arriva autrement qu'il ne le croyait. Aucun soupçon ne plana sur lui. On se

persuada que l'adresse de mistriss
Forsaken avait surmonté tous les
obstacles; et comme on n'osait la réclamer, dans la crainte de provo-
quer des découvertes, il ne fut
même pas question de courir après
elle.

Blunt continua encore quelque
temps à remplir les fonctions de domestique de M. et madame Piétra.
Durant les longues années qu'il avait
été gardien de mistriss Forsaken, il
n'était plus compté au nombre des
complices de Piétra que par la sur-
veillance de la prisonnière. Dès qu'il
n'eut plus personne à garder, madame Piétra prétendit que la charge
d'un homme qui n'était plus bon à
rien lui semblait trop lourde; en con-

séquence, on envoya Blunt avec un agent subalterne à une expédition dangereuse ; mais qui, dans le cas de réussite, devait être extrêmement avantageuse à tous. Blunt, lassé d'un genre de vie, dont les bons conseils de la prisonnière lui avaient fait sentir toute l'horreur, quitta son compagnon pendant le sommeil de ce dernier, à qui il laissa le peu d'argent qu'ils avaient reçu de Piétra, ne prenant que celui qui pourrait le faire exister durant huit ou dix jours.

En arrivant à Londres, il eut le bonheur d'entrer au service de milord Elpinston. En servant un jour à table, il entendit son maître dire à un lord qui dînait chez lui : —

Il est bien singulier que depuis un si
grand nombre d'années on n'ait pas
entendu parler du second fils de milord Beverley. — Il est peut-être
mort, dit milady Elpinston, et si
cela est, la fortune de son père sera
réclamée par des collatéraux. —
Dans cette supposition, dit l'étranger, ne devriez-vous pas, milord,
rendre publique la déclaration que
fit et signa votre ami la veille de sa
mort, par laquelle il certifie que son
fils Edward Beverley ne s'est battu
avec son frère James qu'à son corps
défendant ? — Rien ne nécessite une
pareille démarche, reprit mylord
Elpinston, puisque, malgré la déposition d'une malheureuse créature
qui vivait avec lord Beverley, per-

sonne n'a accusé Edward d'avoir as-
sassiné son frère. La conversation en
demeura là. Blunt désirait beaucoup
faire savoir à mistriss Forsaken, que
son mari pouvait, sans aucune crainte,
reparaître en Angleterre; mais il ne
savait où lui adresser une lettre.

Blunt, toujours persécuté par le
sort, avait eu le malheur de déplaire
à une des femmes de milady, qui
désirait mettre à sa place le frère
d'une amie. Cette fille avait de l'as-
cendant sur l'esprit de sa maîtresse,
et parvint, par de faux rapports, à
faire renvoyer Blunt. Réfugié dans
un misérable logement, il gémissait
sur l'acharnement que le malheur
mettait à le persécuter. Huit jours s'é-
taient écoulés depuis qu'il était sans

place. Son hôtesse le voyant triste,
se douta du sujet de ses peines. —
Si l'air chagrin que je remarque en
vous, lui dit-elle, vient du peu d'espoir que vous avez de trouver un
maître, je puis faire cesser vos inquiétudes en vous indiquant une ex-
cellente condition : mon mari, qui
est cordonnier, a pour pratique
l'homme le meilleur et le plus généreux du monde ; son valet-de-cham-
bre a été forcé de le quitter pour aller
recueillir une succession ; si vous
voulez, mon époux vous conduira
demain chez M. Webb, et je ne
doute pas que vous soyez agréé. Blunt
accepta la proposition avec reconnaissance ; et le lendemain il fut présenté par le cordonnier. Dès que

Blunt parut, M. Webb le reconnut;
mais il dissimula devant l'artisan.
Après quelques questions vagues,
M. Webb dit au cordonnier qu'il
consentait à prendre son protégé,
et qu'il entrerait immédiatement en
fonctions. L'homme se retira. Dès
qu'il fut sorti, M. Webb se mit en
face de son nouveau domestique, et
l'engagea à le regarder. Blunt, qui
n'avait pas osé fixer les yeux sur un
homme si fort au-dessus de lui, profita de la permission qu'on lui accor-
dait. Il ne lui fallut pas une seconde
pour le reconnaître. — Vous êtes
M. Edward Beverley ! s'écria-t-il
d'un air de satisfaction. — C'est
moi-même. — Quelle heureuse rencontre ! dit encore Blunt. Ah ! quelle

bonne nouvelle j'ai à vous annoncer !
— Dites-moi avant tout où est mon
épouse. C'est ce que vous pouvez
m'apprendre de plus heureux. Vit-
elle, et n'a-t-elle pas oublié celui qui
n'a cessé de s'occuper d'elle ? — Milady Beverley vit, du moins je le
présume, et est devenue libre après
dix-sept ans de captivité; mais je ne
puis vous dire le lieu qu'elle habite.
— Pourquoi lui donnez-vous le titre
de milady ? — Parce qu'elle est l'é-
pouse d'un lord. — Mon père ! —
Est mort; et de suite Blunt rendit
compte à Edward de ce qu'il avait
entendu dire à milady Elpinston. Le
nouveau milord Beverley ne se vit
pas avec indifférence rendu à la société sous son véritable nom. Blunt

reprit la parole. — Vous n'êtes pas
au bout, dit-il, des surprises agréa-
bles que vous devez éprouver. Lors
de votre départ, vous laissâtes à votre épouse un souvenir qui lui fit
supporter avec courage toutes les
sortes de maux dont ses persécuteurs
n'ont cessé de l'abreuver. — Ache-
vez, mon cher Blunt, aurais-je le
bonheur d'être père ? — Une fille
charmante vous doit le jour. — Dites-moi, oh! dites-moi vite où je dois
aller pour trouver mon enfant. —
Je ne puis vous assurer, mais je crois
qu'elle a été conduite au château de
Sempervive. — Hélas ! Blunt, on
vous a trompé : le château de Sempervive n'a d'habitans que milord et
milady Sidney, le marquis de Li-

mandre et M. Barnesley. Sitôt mon
débarquement en Angleterre, je me
suis rendu au château isolé sous un
déguisement. Il n'est plus habité. Ce
fut un terrible *désappointement*.
J'espérais, sinon y retrouver ma
bien - aimée, du moins en avoir des
nouvelles. Je m'étais muni d'une
forte somme, ne doutant pas d'obtenir qu'elle me fût rendue, moyennant les brillantes offres que je me
proposais de faire. Un pâtre m'ensei-
gna une maison peu éloignée du
château, où les gens qui demeuraient
dans ce dernier, me dit-il, faisaient
quelquefois leur séjour. Je m'y trans-
portai. Il n'y avait plus qu'un jardi-
nier, qui me dit que les locataires
étaient partis sans payer les loyers.

D'après les renseignemens que m'avait donnés mon épouse, j'allai directement au château de Sempervive. Je n'osai demander à parler au marquis de Limandre sans avoir revu la femme adorable que je n'ai cessé de regretter. C'est au retour de mes courses inutiles que j'ai été assez heureux pour rendre service à deux dames qui, par leur amabilité, ont contribué à alléger le chagrin dont je suis dévoré. Mais le sort me réservait un dernier coup : une de ces dames fut enlevée à son amie et à moi. Je ne négligeai aucune démarche pour découvrir ses ravisseurs; et jusqu'à présent, nul succès n'a couronné mes efforts.

La première démarche de mylord

III. 7

Beverley, fut d'aller trouver mylord
Elpinston, qu'il se rappelait fort bien
avoir été l'ami de son père. Il se fit
annoncer sous son véritable nom; le
noble pair se leva et alla avec empressement au-devant d'Edward. —
Soyez le bien arrivé, mylord, lui
dit-il en lui tendant la main, il y a
long-temps que vous êtes attendu.—
—Des événemens multipliés, répondit lord Beverley, ont prolongé
mon absence beaucoup plus que je
ne l'aurais voulu. —Souvent, bien
souvent, j'appelais votre retour. Mes
vœux sont enfin exaucés, je ferai
grand plaisir à Mylady Elpinston, en
lui apprenant votre arrivée.—Si je ne
craignais d'être indiscret je vous prie-
rais, mylord, de vouloir bien me

présenter à sa seigneurie.—Très-vo-
lontiers. Prévenez milady, dit-il à
un valet qui lui apportait une lettre,
que je vais conduire près d'elle, un
aimable cavalier dont nous nous
sommes souvent entretenu. Dix minutes après, ces deux messieurs furent introduits chez milady.—Mon
amie, dit le mari, c'est mylord
Beverley qui m'a témoigné le désir
de vous offrir son hommage. Sa seigneurie fit à Edward l'accueil le plus
aimable. — Peut-être, dit milord
Elpinston, ignorez-vous en quelles
mains a été déposée votre fortune à la
mort de votre père ? Je puis vous
assurer que l'homme qui en est dé-
positaire est d'une grande probité,
et qu'il vous en rendra le compte le

plus exact. —Cet objet m'occupe infiniment moins, mylord, que le désir d'apprendre quels étaient les sentimens de milord Beverley à mon
égard.—Ceux d'un bon père, repen-
tant d'avoir été injuste envers le plus
méritant de ses enfants.—Ainsi mon
père m'aurait revu sans peine?—Il
vous appelait par le cœur.—Ah! que
n'ai-je pu deviner un changement
si favorable!—Le sort s'y est opposé,
dit milady, nous sommes tous forcés
de nous soumettre à ses décrets. Milord Elpinston demanda à Edward
si dans ses longs voyages il avait rencontré une personne digne de ses affections; enfin, s'il revenait marié?
—Jamais je n'eus l'intention d'épouser une étrangère. Cette réponse éva-

sive parut aux deux époux une assurance que milord Beverley était encore célibataire.

Après avoir reçu l'adresse de l'homme public chargé de la direction des biens d'Edward, il prit congé de milord et de milady Elpinston.

Milord Beverley fut mis en possession de la fortune considérable laissée par son père.

Il était tout simple qu'il prît un train de maison proportionné à son titre, et plus encore à ses revenus considérables. Sans l'addition de la succession dont il héritait, il pouvait être déjà considéré comme un des particuliers les plus riches de la Grande-Bretagne. A sa prière, mistriss Clifton consentit à venir habiter un bel appartement à l'hôtel Beverley dont son ami la pria de faire les houneurs.

Blunt, à qui milord était redevable d'avoir hâté la découverte du *recouvrement* de son état, obtint toute sa confiance, et fut spécialement chargé de distribuer ses bienfaits. Cet homme, pour ainsi dire régénéré, remplit cet honorable emploi avec autant d'empressement que de zèle et de loyauté.

La réputation de générosité, justement acquise, de milord Beverley, parvint jusqu'à la prison où était détenue, pour une faible somme, une infortunée digne d'un meilleur sort. On lui conseilla de s'adresser à milord Beverley à qui elle osa écrire

pour implorer des secours. Blunt fut
chargé de les porter. Cette bonne
action, comme on l'a vu, ne demeura
pas sans récompense, puisqu'elle oc-
casiona la réunion de deux personnes également intéressantes.

~~~~~~

CHAPITRE XXVII.

Nous avons laissé les habitans de Sempervive dans une situation tellement horrible, qu'il nous tarde d'apprendre si l'espoir donné par Molly, que sa maîtresse ferait elle-même l'aveu de sa coupable conduite; se réalisera.

Malgré l'ordre du docteur qui avait prescrit le calme et le silence, Théresa prévint Molly de se préparer à

écrire, sous sa dictée, l'horrible confession qu'elle voulait faire. Molly,
persuadée que sa maîtresse ne survi-
vrait pas à sa blessure, ne fit aucune
objection, et se disposa à lui obéir.

Histoire de Thérésa Barnesley,
épouse d'Ethelbald Sidney.

« L'amour, la jalousie, la haine et
la vengeance ont dirigé toutes les
actions de ma vie, depuis plus de
trente ans.

« La malheureuse étoile qui sans
doute avait présidé à ma naissance,
amena chez mes parens le marquis
de Limandre. Je n'entrerai point
ici dans le détail des événemens qui
nous procurèrent la connaissance de

7·

ce trop aimable Français. Cet écrit
n'ayant d'autre but que d'instruire
ceux que j'ai rendus mes victimes,
des moyens affreux dont j'ai usé pour
les rendre malheureux, il est inutile
que je perde du temps à répéter ce
qu'ils savent aussi bien que moi. J'ai
tant d'explications à donner, tant de
circonstances obscures à expliquer,
tant de faits incompréhensibles à dé-
voiler, que je crains que le peu
d'existence qui me reste ne suffise
pas pour pouvoir remplir la tâche
effrayante que je me suis imposée.

« Quand Eugène de Limandre nous
fut présenté par mon père, je comp-
tais à peine douze années. Malgré
mon extrême jeunesse, je fus frappée de la noblesse de sa belle figure.

La tristesse dont il était accablé le rendit à mes yeux l'être du monde le plus intéressant. Dès ce moment il eût été facile de prévoir que l'aimable Eugène serait l'arbitre de ma destinée.

« Ma très-petite taille me donnait l'air plus enfant que je ne l'étais réellement ; en sorte qu'on ne fit aucune attention à l'empressement que je mettais à me trouver auprès du marquis. Mon zèle à remplir ses désirs, les soins que je mettais à lui éviter la plus légère peine, le plaisir que j'éprouvais quand je pouvais prendre sa main et la presser dans les miennes, toutes ces choses qui eussent été remarquées par leur inconvenance, dans une fille de quatorze ou quinze

ans, ne parurent d'aucune conséquence dans une si jeune personne.

« Ma sœur, plus âgée que moi de
3 ou 4 ans, ne fut pas exempte de l'effet
que devait produire le bel étranger :
elle l'aima aussi, mais plus heureuse
que la pauvre Thérésa, elle fut payée
de retour : ils devinrent époux. Je n'es-
sayerai pas d'exprimer le désespoir
où me jeta cette union. A compter
de cet instant, je conçus pour la
bonne Constancia une haine qui la
suivit au-delà du tombeau. L'infortunée perdit la vie en la donnant à
une fille. Dès qu'on me permit de
voir la petite Juliana, je jurai, en
posant la main sur sa poitrine, de la
faire hériter de tous les maux que je
destinais à sa mère, si la mort ne l'a

vait ravie à ma vengeance. La douleur de M. de Limandre fut proportionnée à la grandeur de la perte
qu'il venait de faire. Il faut, malgré
moi, que je convienne qu'il serait
impossible de trouver une femme qui
réunît aux charmes et aux grâces
de la figure, plus d'amabilité et de
vertus que madame la marquise de
Limandre. Le deuil occasioné par
sa mort eût été général dans toute la
maison et ses environs, si je n'eusse
pas fait exception. Cette époque fit
naître en moi un vice, oh oui! un
vice exécrable! l'horrible hypocrisie.
En affectant de ressentir la plus vive
affliction, je me réjouissais en dedans
de moi-même. Etre débarrassée d'une
rivale que j'abhorrais me semblait

un bonheur suprême. Plus d'obstacle, pensai-je, à l'accomplisse-
sement de mes désirs. Combien je
m'abusai !

« La révolution de France fut le prétexte dont se servit Eugène pour
quitter l'Angleterre. Il nous laissa sa
fille qui déjà promettait de ressem-
bler à sa mère. Ce fut pour moi un
motif de plus pour ne la voir qu'avec
horreur. Vainement je tâchai de dissimuler mes sentimens ; ma mère s'en
apperçut, et m'en fit des reproches.
Ce premier désagrément dont Juliana
était la cause innocente, excita tellement mon ressentiment contre elle,
que je ne cherchai plus à lui cacher
l'éloignement qu'elle m'inspirait. La
douce créature loin de m'en vouloir,

s'accusait de ne point faire assez d'efforts pour gagner ma tendresse. Le
cœur d'un tigre eût été attendri, le
mien resta fermé à tout autre sentiment qu'à celui de la haine.

Le marquis fut cinq ans en France,
ou il eut à supporter tous les genres
de tourmens. A son retour, en Angleterre, il parut frappé du changement avantageux qui s'était fait en
moi durant son absence. J'osai alors
me flatter de remplacer bientôt ma
sœur dans son cœur. Vain espoir :
l'homme le plus aimant de la terre,
fut toujours pour moi le plus indiffé-
rent. L'ingrat ne voyait jamais en
moi qu'une belle-sœur, envers laquelle il croyait avoir tout fait en
remplissant, vis à-vis d'elle, les de-

voirs les plus ordinaires de la société.
Tout mon être se révolta à l'idée que
si le marquis connaissait la violence
de mes sentimens pour lui, il jouirait
avec orgueil du plaisir d'inspirer un
amour qu'il ne voulait pas partager.
Je jure, dis-je en moi-même, qu'il
n'apprendra l'excès de ma faiblesse
que par les funestes effets d'une vengeance, qui, désormais, sera l'unique
objet de tous mes soins. L'amour et
la haine, dit-on, se touchent. Je puis
affirmer la vérité de cette assertion.
Je n'aimais plus Eugène, mais j'aurais plutôt renoncé à la vie qu'à la
satisfaction de lui faire éprouver toutes les sortes de tourmens.

«L'antipathie que je ressentais pour
la plus jolie et la plus charmante des

créatures, ma nièce Juliana, s'accrut
à un tel point qu'il me devint impossible, comme je l'ai dit, de le lui cacher. Dès que nous étions seules, je
lui faisais payer cher la contrainte
que je m'imposais devant des témoins.

« Un événement inattendu, vint
ajouter la jalousie à tous mes sentiment de malveillance pour la pauvre Juliana : un malheureux accident conduisit un jeune et beau seigneur, à Green-House. En le voyant
je formai le désir de lui paraître assez
jolie pour qu'il eût le désir de m'é-
pouser. Inutile projet, à peine
M. Sidney me remarqua : toute son
attention se porta sur une enfant. En
devenant ma rivale, Juliana ne me

parut plus qu'un monstre créé uniquement pour être mon fléau. Retenue par la présence imposante de
mes respectables parens, je n'osai
commencer les hostilités avec ceux
que je nommais mes ennemis. Les
circonstances semblèrent se prononcer en faveur de mes projets.

« Milady Pomfret , grand'mère
d'Ethelbald Sidney , qui avait été
accueilli et soigné chez nous jusqu'à
l'entière guérison de sa blessure, se
prit de belle passion pour ma nièce :
Monsieur et Mistriss Barnesley , ainsi
que M. de Limandre , consentirent à
laisser Juliana aller passer quelques
temps à Sempervive, château appartenant à milady Pomfret.

« Une chute que fit mon père eut

les suites les plus funestes ; après
d'horribles souffrances, il mourut.
Ma mère en éprouva une si forte révolution qu'elle fut frappée d'une
apoplexie foudroyante. Cette double
perte porta la douleur dans tous les
cœurs; le mien, malgré sa trempe d'a-
cier, reçut une violente atteinte ; il
semblait que je m'affligeais doublement par l'idée de n'avoir plus
d'obstacle à l'exécution des actes de
ma perversité.

« Je vais me rendre encore plus
digne d'exécration, en avouant que
durant la maladie de mon père, et
lorsqu'il était en proie aux plus insup-
portables souffrances, je me liguai
avec des ennemis irréconciliables du
marquis de Limandre et de sa progé-

niture ; voici comment j'en fis la fatale connaissance.

« Fortement attristée de la tournure défavorable que prenait l'accident survenu à M. Barnesley, je pro-
longeai, sans m'en apercevoir, la
promenade que j'avais coutume de
faire tous les matins. A plus d'un mille
du château, je rencontrai une femme
d'une riche taille et d'une agréable
tournure, elle portait un voile qui
cachait entièrement sa figure. L'é-
trangère m'acosta par une question
insignifiante ; je répondis avec poli-
tesse. Quoique parlant fort bien ma
langue, je présumai d'après un certain accent, qu'elle n'était point an-
glaise, et je le lui dis : elle convint
que j'avais raison, et m'avoua qu'elle

était française. Il semble que les méchans se devinent ; en moins d'une demi-heure, nous en vînmes à des confidences mutuelles. J'appris de cette étrangère qu'elle avait de puissans motifs pour en vouloir au marquis de Limandre ; qu'ayant, aussi, grièvement offensé un de ses amis, ils avaient juré de le poursuivre sans relâche. Elle convint que, déjà plusieurs fois, on avait attenté à la vie d'Eugène. Enchantée de trouver un renfort qui pût me seconder dans l'occasion, je fis serment, entre les mains de la belle étrangère, de réunir tous mes moyens aux siens, afin de faire tomber notre superbe ennemi. Nous nous donnâmes rendez-vous au même lieu pour le jour sui-

vant. L'inconnue y vint accompa-
gnée du troisième conjuré ; nous ré-
pétâmes notre serment , auquel ; hélas! nous ne fûmes que trop fidèles!

« Nos entrevues, de tous les matins, furent interrompues par la mort
de mon père. Ce jour de deuil fut
entièrement consacré aux justes regrets donnés au meilleur des hommes.

« Quand nous nous revîmes, mes
nouveaux amis, à qui je n'avais rien
caché de ce qui concernait M. de Limandre , me conseillèrent de demander à aller rejoindre Juliana au
château de milady, sous le prétexte
que je ne pourrais , sans mourir de
douleur , habiter un lieu où je venais
de faire deux pertes aussi cruelles.
Puis ils me firent part du plan qu'ils

avaient formé pour enlever Juliana.
Aidés par moi, rien ne serait plus facile que l'exécution. Persuadée qu'en
privant le marquis de sa fille c'était
un moyen infaillible de torturer son
cœur, j'approuvai tout. Nos mesures
furent si bien prises que non-seulement nous nous emparâmes de ma
nièce, mais que j'évitai d'être accu-
sée de complicité.

« Malgré les recherches d'Eugène
et de mon frère, il fut impossible de
découvrir ce que nous étions deve-
nues. Pour m'assurer l'impunité, il
était nécessaire que je fusse com-
prise dans l'enlèvement.

« Notre voyage ne fut pas long ; à
vingt milles de Sempervive se trouve
un vieux château isolé et presqu'en

tièrement démoli. Il est inhabité depuis nombre d'années. Mes associés y
avaient fait pratiquer une prison pour
le marquis ou pour sa fille, car ils
avaient l'intention d'y conduire l'un
ou l'autre. Il y avait en outre un logement passablement conservé, que
nous occupâmes.

« Je ne vous dirai pas quelle espèce de gens étaient mes complices ;
je puis leur donner cette dénomination ; tous deux avaient de l'esprit et
ne manquaient pas d'agrémens exté-
rieurs : il se faisaient appeler Piétra.
Quant à leurs moyens d'existence,
j'ai eu de violens soupçons qu'ils
étaient aussi répréhensibles que la
conduite dont je partageais l'infâmie.
Peu curieuse d'en connaître plus

qu'on ne voulait m'en dire, je n'ai jamais hasardé une question.

« Notre liaison n'avait plus qu'un but, et il était rempli par la certitude des tourmens qu'endurait M. de Limandre ; ce père désolé avait quitté l'Angleterre pour courir après sa fille. Un scélérat, un agent de Piétra, était continuellement attaché à ses pas.

« Cependant il nous restait à compléter la ruine de Juliana en lui faisant épouser un homme de la plus basse extraction et d'un état abject. Nous jetâmes les yeux sur son geôlier; malheureusement il était marié : mais il nous procura un misérable, charbonnier de son métier, et dont le père avait été déporté; rien ne pou-

III. 8

vàit mieux nous convenir. Le mariage se fit dans toutes les formes, et
au bout de quelques jours, Piétra fit
embarquer le marié, dont on n'entendit plus parler.

« Juliana était grosse, elle accou-
cha d'une fille ; on permit à sa mère
de la nourrir.

« Je restai au château isolé six ou
huit mois après la délivrance de ma
nièce. Les Piétra avaient, comme je
crois l'avoir déjà dit, loué une maison à peu de distance du château ;
cette maison était le logement osten-
sible de la famille.

« A mon retour à Sempervive, où je
vins directement, ignorant si mon
frère habitait Green-House, je reçus
de milady Pomfret et de son petit-

fils, l'accueil le plus flatteur. Entièrement rassurée sur la crainte qu'on
ne m'accusât d'avoir été de complicité avec les ravisseurs de Juliana,
je débitai l'histoire supposée de mes
malheurs. Depuis long-temps je l'a-
vais fabriquée et apprise par cœur.
Dans ce récit mensonger, je présen-
tai la conduite de ma nièce sous
l'aspect le plus méprisable. Je la
faisais devenir volontairement la
femme d'un misérable chef de brigands. Afin d'arrêter toutes poursuites qui, à la longue, auraient
peut-être occasioné de fatales découvertes, j'annonçai la mort de
Juliana et celle de son enfant; et,
pour ne laisser aucun doute, à cet
égard, je dis qu'elle avait rendu le

dernier soupir dans mes bras. A ce
passage de ma fausse et perfide rela-
tion, je feignis une douleur si violente, qu'on trouva simple la prière
que je fis de m'éviter de revenir sur
t dont le souvenir n'était déjà
p déchirant pour mon cœur.
trouvant presque seule à
vive avec Sa Seigneurie et
d Sidney, je ne craignis au-
alité; mais il fallait disposer
ar du jeune homme en ma faveur. Sachant combien il chérissait
son aïeule, ce fut d'abord de cette
dernière dont je m'appliquai à obtenir les bonnes grâces. Jusqu'alors
j'avais peu fait usage des différens
talens que je possédais. La musique
et le dessin que j'avais cultivés, et

dans lesquels j'avais acquis une sorte
d'habileté, devinrent pour moi un
moyen de plaire à Sa Seigneurie.
Milady Pomfret aimait avec passion
la musique. Je consacrai tout mon
temps à son amusement. Jamais je
ne lui témoignai ni ennui, ni impatience : prête à tous les instans à satisfaire ses désirs, elle me prit bientôt
en une grande affection. C'était déjà
avoir obtenu beaucoup, mais ce n'é-
tait pas uniquement son suffrage
qu'il me fallait; j'avais à vaincre
une sorte d'éloignement que j'avais
eu le malheur d'inspirer à M. Sydney. Durant quelque temps, j'avais
envié son attachement, aujourd'hui
je ne prétendais qu'à sa main. L'ambition avait remplacé l'amour dans

mon cœur. Je n'entrerai pas dans le
détail de tous les moyens que je n'ai
pas crains {d'employer pour arriver à
mon but. Il suffit de dire qu'ils eurent un entier succès : l'orgueil de
milady Pomfret disparut ; l'opposi-
tion formelle du frère d'Ethelbald
fut inutile : Sydney devint mon
époux. Cette victoire flatta mon
amour-propre, sans rien diminuer de
mes projets d'une continuelle vengeance.

« Une correspondance suivie s'é-
tait établie entre les habitans du château isolé et moi ; comme il fallait
que les lettres ne me fussent pas
adressées directement, je me confiai
à ma femme de chambre : et après
avoir exigé de Molly le serment le

plus terrible de sa discrétion, je lui
donnai mon entière confiance. Je
dois rendre à cette fille la justice qui
lui est due, jamais elle n'approuva
ma conduite barbare, avec les inno-
centes victimes de mon implacable
haine ; et toujours elle s'efforça de
m'adoucir en leur faveur ; et, excepté
de recevoir mes lettres, je ne pus,
malgré mes instances, et mes ordres,
la faire participer à nos actes d'infamie : ce terme affreux sera bientôt
justifié, oui, bientôt on apprendra à
quels excès peuvent se porter des
êtres sans religion et sans moralité.

« Mon frère revint après quatre
ans d'absence, qu'il avait employés à
courir après les ravisseurs de sa nièce
et de sa sœur ; pauvre Edgar ! il me

plaignait, me croyant opprimée, tandis que j'étais le principal moteur
des actions les plus atroces. Toutes
ses courses n'aboutirent qu'à porter
le découragement dans son âme. Il
parut plus surpris que flatté de mon
élévation : je lus facilement dans ses
yeux qu'il blâmait son ami d'avoir
contracté un mariage où tout était en
disproportion. Il tarda peu à s'apercevoir que Sidney n'en était pas à
son premier regret. De son côté,
milady paraissait souvent morose et
de mauvaise humeur. Je confesse
que l'un et l'autre avaient peu de raison d'être satisfaits ; depuis que mes
vœux étaient remplis, j'avais cessé
de feindre. Lassée de me montrer
autre que ce que j'étais, je repris mon

véritable caractère, naturellement
porté à tous les défauts qui rendent
une union malheureuse. Ne me
croyant plus faite pour obéir au
commandement d'une vieille femme,
que je trouvais trop exigeante, je re-
nonçai à pratiquer aucun de mes talens, afin de me laisser la liberté de
ne voir sa seigneurie qu'aux heures
des repas. Ma conduite ayant indi-
gné Ethelbald et mon frère, ils me le
dirent sans ménagement; je n'en mis
pas davantage pour leur répondre
que je n'étais aux ordres de personne,
et que si la vieille avait besoin d'une
complaisante, je n'étais pas d'humeur
de lui en servir. Depuis cette époque,
on me laissa vivre à ma manière, et
comme tout le monde me faisait

8.

froide mine, je me séquestrai, pour
ainsi dire, des habitans de Sempervive.

« Mon frère reçut enfin des nouvelles du marquis de Limandre ; il
paraissait que plusieurs lettres qu'il
lui avait adressées, soit qu'elles aient
été interceptées, ou qu'elles n'aient
pu passer les frontières, n'étaient
point arrivées à leur destination.

« Le marquis avait contracté un
troisième mariage ; nulle réflexion
ne suivait, ce qui fit présumer à
Edgar qu'il n'avait pas trouvé le bonheur. Dans sa réponse, mon frere
apprit à son ami, en même temps,
mon retour en Angleterre, et mon
mariage avec Ethelbald.

« La fille de Juliana allait atteindre quinze ans, époque où nous avions décidé de la séparer d'avec sa mère; la jeune Emma, me mandait Piétra, était un modèle de perfection. Juliana s'était appliquée à lui inculquer toutes les vertus, sans négliger cependant les choses d'agrément.

« Me voici arrivée à la circonstance la plus pénible à raconter; mais je me suis promis de dire toute la vérité, je tiendrai parole.

« Ce nouveau mariage du marquis dérangeait beaucoup nos iniques projets : néanmoins nous ne perdîmes pas espoir. Nous décidâmes qu'il fallait trouver un moyen d'introduire, dans le château d'une dame de haute qualité, la petite fille d'un déporté; en conséquence, la femme Piétra

vint s'établir dans une petite maison
du voisinage de Sempervive-Hall,
sous le nom de Montdésir ; elle amena avec elle la fille de Juliana, à qui
nous donnâmes celui d'Elisa. Il fallait, avant tout, exiger de la jeune
personne le serment de ne jamais parler ni de sa mère, ni du lieu où elle
avait été élevée, ni enfin de rendre aucun compte de ce qu'elle avait vu et
entendu depuis qu'elle était au monde, la menaçant, à la plus légère indiscrétion, de donner la mort à Juliana. Je n'ai jamais bien su pour quel
raison Piétra avait voulu persuader à
la jeune fille, qu'il était son père. Rien
ne devait lui faire croire à une assertion aussi absurde. Apparemment
qu'il se persuadait, que ce titre lui

donnerait plus de droits à son obéissance. Le serment qu'on exigeait aujourd'hui de la fille, l'avait été de la mère, bien des années auparavant; serment qu'on lui faisait renouveler souvent dans sa prison. — Songez bien, disaient Piétra et sa femme à Juliana, que s'il vous arrive jamais de nommer un seul des membres de votre famille, votre père sera victime de votre désobéissance; un poignard est suspendu sur son sein; s'il le perce, ce sera vous qui aurez dirigé le coup mortel. La pauvre Juliana jurait, de nouveau, de mourir plutôt que de proférer un mot qui eût le moindre rapport au passé.

« Instruite de l'arrivée de madame de Montdésir à Brook-Loge, je

m'empressai de l'aller voir, étant
parfaitement libre de mes actions;
je m'étais d'ailleurs expliquée clai-
rement en présence de mon mari et
de milady. — Mon âge et mon rang,
leur dis-je, me mettant au-dessus
de toute dépendance, je prétends
agir à ma volonté.

« Je trouvai la Piétra avec une
jeune et superbe fille : c'était Elisa,
ou plutôt Emma. Elle ressemblait à
sa mère et à ma sœur Constance,
mais elle me parut infiniment mieux,
puisqu'elle réunisait en elle seule
les agrémens de toutes deux. Un
instant, mais il n'eut que la durée
d'un éclair, je me sentis attendrie en
sa faveur. Mille affreux souvenirs
dissipèrent ce fugitif mouvement de

sensiblité. Périssent dans les tourmens, pensai-je, tous les rejetons de
ces souches exécrées! A peine ré-
pondis-je au salut respectueux d'E-
lisa. Faites-la retirer, dis-je à la
Piétra, je veux vous parler. Sur un
signe, l'infortunée sortit.

« Nous prîmes toutes nos mesures
pour que l'introduction de madame
de Montdésir et d'Elisa au château
parût un effet du hasard. Tout réussit
selon nos désirs : milady, suivant sa
coutume, s'enthousiasma de la jolie
personne, même avant de connaître
ses aimables qualités. Dès qu'elle fut
à portée de juger de ses talens, de sa
douceur et de l'égalité de son humeur, elle en fit sa favorite, son idole.
Milady avait oublié le temps où je

lui paraissais une créature aussi par-
faite que ma petite nièce, et combien elle s'était méprise alors sur
mon véritable caractère.

« Elisa obtint, sans effort, l'estime
et l'amitié des maîtres. Les valets
suivirent leur exemple, ils aimaient
tous la jeune étrangère autant qu'ils
la respectaient. Les façons de madame de Montdésir, envers sa protégée, étaient si dures, si impérieuses,
qu'on ne cessait de la plaindre. J'en-
gageai moi-même la Piétra à ne pas
traiter cette jeune fille aussi mal,
surtout devant les habitans du château. — Comment pourrai-je, me
répondit-elle, user de ménagement
avec la petite-fille d'un homme sur
la tête duquel j'appelle toutes les

malédictions. Pensant à peu près comme elle, je ne pouvais la blâmer.

« Le digne agent de Piétra vint annoncer le retour très-prochain du marquis de Limandre en Angleterre. Sa troisième femme était morte, et il venait se réunir à la famille de son éternellement regrettée Constancia, pour ne plus la quitter. La présence d'Eugène à Sempervive nécessitait le départ de madame de Montdésir de son voisinage. Pour l'exécution de notre affreux projet, il fallait qu'Elisa restât au château. La Piétra craignait que sa Seigneurie ne témoignât pas le désir de la garder. J'étais sûre du contraire. Effectivement, la demande en fut faite. Pour la forme, on éleva quelques difficultés ; le consentement fut enfin accordé, mais sous la condition, connu de la seule Elisa, que madame de Montdésir me laissait en partant tous les droits qu'elle avait sur elle.

« En introduisant Elisa, il était indispensable de dire quels étaient les motifs de sa dépendance près de madame de Montdésir, ainsi que ceux qu'avait cette dernière pour s'en être chargée. Voulant continuer de la ravaler, on lui donna une naissance peu digne d'égards. Fille 'd'une femme de chambre de madame de Montdésir, elle avait eu la bonté, à la mort de sa mère, de la prendre avec elle, et, par suite de sa bienveillance, elle lui avait fait donner la meilleure éducation.

« Peu de jours après le départ de la Piétra, le marquis de Limandre arriva à Sempervive. Frappé, sans doute, de la ressemblance d'Elisa avec deux femmes qui lui avaient été si chères, Eugène, à la vue de cette enfant, parut fortement ému. Elisa, de son côté, sembla le préférer à tout autre.

« Un horrible intérêt me portant à épier les sentimens de tous les deux, je remarquai, à mon grand déplaisir, que la nature les portait l'un vers l'autre, mais que l'amour n'entrait pour rien dans leur mutuel attachement... Je vous vois frémir; j'entends les exclamations d'horreur que vous arrache la connaissance du plus affreux des crimes. O vous! dont les yeux restent fixés sur ce papier, sans oser poursuivre une lecture qui voue son auteur à une éternelle exécration, hélas! elle ne sera que le juste prix de mes forfaits! Il faut donc exposer ici l'infâme vérité. Il faut convenir que trois monstres, vomis par les enfers, se délectaient dans l'atroce idée de faire contracter à deux vertueuses créatures le plus monstrueux hymen. Une petite-fille devenir l'épouse de son grand-père! Aujourd'hui, grand Dieu! je me prosterne pour te rendre mille grâces d'avoir mis un empêchement à l'exécution de ce crime affreux! Je reprends mon douloureux récit.

« Afin de persuader à Eugène qu'il aimait Elisa, et que cette dernière

se mourait d'amour pour lui, je n'é-
pargnai ni mensonges, ni perfidies,
ni promesses.

« Je n'avais pas encore réussi à
lever les difficultés qu'opposait la
délicatesse du marquis, quand un
événement imprévu vint mettre empêchement, ou du moins éloigner la
conclusion attendue avec tant d'impatience.

« Un neveu de mon mari, fils de
milord Sidney son frère, vint passer
quelque temps à Sempervive. Il avait
pour gouverneur un jeune homme
rempli de mérite, et particulièrement favorisé par la nature. Je pré-
vis, en le voyant admirer les grâces
et la beauté d'Elisa, qu'il serait difficile d'empêcher ces deux êtres char-

mans d'éprouver l'un pour l'autre un sentiment de prédilection! La suite confirma mes craintes. En cette occasion, comme dans beaucoup d'autres, j'ai remarqué que les méchans ne réussissent que par une constance opiniâtre. J'en fis l'épreuve. Ma persévérance vainquit tous les obstacles ; le jeune seigneur partit, suivi de son gouverneur, et l'infortunée Elisa resta avec ses regrets, sa douleur et la perspective d'un mariage dont la seule idée portait l'effroi dans son âme. Cependant elle chérissait son futur époux. Dans quel dédale de pensées elle se perdait! combien ses nuits devaient être orageuses!

« La perversité sembla l'emporter ; il n'était plus possible de reculer ; il

n'existait plus aucun obstacle, le
jour était fixé, arrivé : vain espoir,
la victime avait échappé au piége
infernal. Je m'en félicite en ce moment; mais alors! le désespoir et la
rage s'emparèrent tour à tour de tous
mes sens : semblable à un éner-
gumène, mes fureurs auraient in-
failliblement divulgué mes affreux
secrets, sans les bons conseils de ma
fidèle Molly; je lui dus la conserva-
tion de ma réputation. Ici Molly
posa sa plume sur la table. — Ce
service ne fut pas le seul, dit-elle à
sa maîtresse, que mon attachement
me dicta : par un avertissement salutaire, je prévins Elisa du précipice
dans lequel elle était prête à tomber :
ma lettre était sans signature. Même

en n'y donnant peut-être pas une
entière confiance, mademoiselle de
Lappallin ne devait pas hésiter à
fuir; elle l'a fait, et par là vous a
évité de cuisans remords. Molly re-
gardait sa maîtresse, et s'attendait à
recevoir ses remercîmens. O surprise! Thérésa semble avoir recouvré toutes ses forces. Soulevée à de-
mi sur son lit, elle fixe des yeux terribles sur sa femme de chambre. —
Misérable! s'écrie-t-elle, tu m'as fait
plus de mal qu'aucun de mes ennemis! Puisse ton corps être couvert
de cancères et de lèpres! Puisse ton
cœur être sans cesse déchiré par un
vautour! Puissent tes parens, tes
amis, être torturés en ta présence!
Puisse l'enfer t'engloutir! Après avoir

proféré ces épouvantables impréca-
tions, elle s'élança hors de son lit,
et allait se jeter sur Molly, quand
celle-ci, n'ayant aucune arme pour
se défendre, saisit l'écritoire, et la
lui jeta à la tête. Le coup porta au
milieu du front, dont il sortit aussitôt
beaucoup de sang. La misérable re-
tomba sur son oreiller. Molly s'é-
chappa et appela du secours. On
vint précipitamment ; elle raconta le
danger qu'elle avait couru. Le marquis, Ethelbald et les domestiques
suivirent Molly dans la chambre. Ils
trouvèrent la forcenée sous la table,
où l'écrit qu'elle avait dicté était
resté ; elle s'y était traînée, et faisait
de vains efforts pour atteindre les
feuilles éparses ; la seule dont elle

avait pu se saisir était en pièces sur
le plancher.— Brûlez, déchirez tout
cela, criait-elle, il n'y a rien de vrai
dans son contenu ; il n'y a de coupable que la scélérate Molly. Tuez
cette misérable, elle seule a fait tout
le mal. Ne m'arrêtez pas, c'est moi
qui dois exterminer cette vipère...
Retire-toi, monstre horrible! Une
écume blanchâtre sortait de sa bouche ; sur sa figure, dont les traits
étaient tellement décomposés, qu'ils
avaient perdu leurs formes natu-
relles, le sang et l'encre se mêlaient
et lui donnaient un air farouche et
effrayant.

Tant d'efforts avaient entièrement détruit le peu de forces qui lui
étaient restées : elle laissa retomber

sa tête. On profita de ce moment pour la reporter sur son lit, où elle ne proféra que peu de mots. Hélas! ils furent une confirmation qu'elle ne méritait aucun regret, et qu'elle mourait ainsi qu'elle avait vécu.

CHAPITRE XXVIII.

Après avoir fait conduire Elisa en prison, celui qui se disait être son père, et à qui nous rendons le nom de Piétra, vint rejoindre sa digne compagne. La misère entraîne toujours avec elle la mauvaise humeur et l'injustice. Ces deux misérables, habituellement d'accord quand il s'agissait de commettre des actions répréhensibles, manquèrent de cou-

rage pour supporter une infortune
méritée. Mutuellement ils s'acca-
blèrent des plus sanglans reproches.
Piétra, ne pouvant douter que son
créancier n'effectuât la menace qu'il
lui avait faite de le faire arrêter, dit à sa
femme de tout disposer pour démé-
nager pendant la nuit, et sortit pour
calmer la violente agitation que lui
avait causée la dispute qu'il venait
d'avoir. Il entre dans un café, et
demande un journal (*). A l'article
nouvelles, il en lut une qui porta la
terreur dans tous ses sens. Le para-
graphe était ainsi conçu :

« Deux horribles assassinats ont été
« commis dans le château de Sem-

(*) News papers.

« pervive, situé dans le *** Shire,
« appartenant à Ethelbald, frère ca-
« det de milord Georges Sidney.
« M. Sidney l'habite avec sa famille.
« Un homme, qu'on assure avoir été
« de la connaissance intime de mis-
« triss Sidney, s'est introduit dans
« l'appartement de cette dernière,
« qu'il força, le pistolet sur la gorge,
« de lui donner 1000 guinées; au
« moment où elle les livrait en bil-
« lets de banque, son frère M. Edgar
« Barnesley, entra, et prit au collet
« le brigand qui se défendit; dans la
« lutte qui suivit, M. Edgar Sid-
« ney perdit la vie : sa sœur voulut
« ressaisir les bank-nottes, le voleur
« s'en empara de nouveau, et porta
« un coup de poignard à la dame. Il

« eut le bonheur de se sauver. Mis-
« triss Sidney est morte de sa bles-
« sure. On assure qu'avant d'expi-
« rer, elle a fait des aveux, qui
« donnent l'espoir de découvrir l'as-
« sassin, dont toute la vie n'a été
« qu'une série continuelle de crimes
« de tous genres. » Suivait le signalement du coupable.

Fiétra met le journal dans sa poche
et jette un regard inquiet autour de
lui. Il lui semble que tous les yeux
qui se portent sur lui, cherchent à
démêler dans ses traits, ceux du voleur désigné dans le papier; il se hâte
de sortir pour échapper aux observa-
tions. Ne sachant où porter ses pas,
il marche avec une vitesse extrême
et sans suivre aucune direction : le

hasard le conduit à High Parc, il entre dans Kingsington. Le jardin était solitaire ; deux hommes seulement se promènent en parlant avec feu. Piétra les suit et n'en est point aperçu ; les hommes s'arrêtent : pour n'être pas vu, Piétra se cache derrière un gros sicomore. — Il ne sort jamais sans avoir un pistolet, disait un des inconnus, n'étant que deux nous ne pourrons nous en rendre maîtres, ils nous faudrait un troisième.— Vous l'avez trouvé, dit Piétra en se montrant, de quoi s'agit-il ? Je suis prêt à vous seconder. — Qui êtes vous ? — Un malheureux sans ressource, quoique peu difficile sur les moyens de s'en procurer. — Qui nous assure que vous n'êtes pas un agent de la justice ? Piétra tire le Star de sa poche. — Lisez ce signalement, regardez-moi ensuite, et vous jugerez si j'ai, avec la justice, d'autre rapport que la crainte de tomber entre ses mains. Le signalement était si exact, il avait été donné par Molly, qui connaissait Piétra, que les inconnus furent entièrement rassurés. Ils dirent alors à Piétra que tous les jours à minuit, un homme dont les poches étaient remplies de bank-nottes, se rendait dans une maison qu'ils désignèrent. — C'est une académie de jeux, dit Piétra. — Justement, nous connaissons le chemin par lesquels ce richard passe; ce sont pour la plupart des petites rues peu fréquentées. Il sera fort aisé, étant en

nombre suffisant, de prévenir la défense qu'il fera sans doute, et de le
dévaliser entièrement. — Cet homme
ne s'appelle-t-il pas Homespun? —
Vous l'avez nommé. — Comptez sur
moi, l'intérêt et la vengeance ren-
dront mon bras invincible! Pour
s'assurer que leur complice ne les
trahirait pas, les deux coquins voulurent l'accompagner chez lui, et ne
pas le quitter jusqu'au moment de
l'expédition. Piétra ne s'y opposa
pas : il les conduisit dans sa maison.
— Je vous amène, dit-il à sa femme,
deux bons vivans. Voilà ce qui nous
reste, ajouta-t-il en lui donnant une
guinée, allez vite chercher du vin,
et tout ce que vous pourrez vous
procurer avec ce peu d'argent : de-

main le régal ne sera pas circons-
crit par le manque de moyens. Ce
peu de mots ayant fait entrevoir à madame Piétra une bonne fortune prochaine, elle se hâta de remplir les
ordres de son mari. Elle eut soin d'a-
jouter de la liqueur dont Piétra faisait souvent usage.

Le repas se prolongea jusqu'à onze
heures du soir. En quittant sa femme,
Piétra lui dit : Souhaite-nous bonne
chance. Et tous trois sortirent en
chantant.

A peine arrivés à l'endroit le plus
isolé, ils entendirent la marche de
leur victime, qui cheminait doucement dans la plus entière sécurité :
sans préambule ils se jetèrent sur ce
malheureux, qui n'eut que le temps

de tirer son pistolet de sa poche.
Piétra le lui arracha. Homespun était
fort, il se défendit, mais que peut la
vigueur d'un seul contre trois ? Un
coup de poignard qu'il reçut dans le
côté le mit hors de combat. Il tomba, mais il entraîna un des scélérats
dans sa chute, et lui ayant enveloppé
le cou de ses deux mains, il l'étouffa.
Durant ce débat son compagnon
s'empara du porte-feuille de Homespun. Piétra craignant d'être frustré
de sa part, ou plutôt ne voulant partager avec personne, fit usage du pistolet qu'il avait gardé, pour se débarrasser de celui qui pouvait lui disputer la victoire, lui reprit le porte-
feuille, et l'emporta en courant. Le
coup de feu avait attiré les waitch-

mens (*). — Ne perdez pas un moment, dit le scélérat dupé, l'assassin
demeure dans Tower street, il s'appelle Piétra ; si l'on tarde à l'arrêter
il s'échappera : c'est un gibier de po-
tence que poursuit la justice. Homespun, qui n'était que légèrement
blessé, promit 100 livres sterlings à
celui qui prendrait Piétra. En l'entendant nommer, il avait reconnu le
misérable qui avait voulu lui vendre
sa fille, pour acquitter 1000 livres
qu'il lui devait. Les baillis furent
bientôt à la demeure de l'assassin, ils
y arrivèrent à temps : Piétra et sa
femme venaient de vendre à bas prix
le peu d'effets qu'ils possédaient, à
un juif qu'ils connaissaient, et que

(*) Gardes de nuit.

Piétra avait fait lever. La somme était déjà délivrée, et on les arrêta au moment où ils sortaient de la maison. Les bank-nottes furent rendues à M. Homespun, qui acquitta les 100 livres promises, et les deux coupables conduits dans la prison de Newgate.

Quand Piétra entra dans une chambre où étaient plusieurs prisonniers, il se trouva en pays de connaissance; Brook fut le premier qui lui souhaita sa bienvenue. Il lui amena une demi-douzaine de scélérats, qu'il avait employés dans plusieurs occasions : tous parurent se réjouir de l'avoir pour compagnon. L'accablement où paraissait être tombé Piétra, lui attira des plaisanteries de ses anciens complices. — Ne t'affliges pas, lui dit Brook, si tu as de l'argent, nous pourrons nous réjouir ici tout aussi bien qu'ailleurs. — Laisse-moi en repos, lui répondit Piétra ; d'ailleurs je n'ai pas un penny (*) vaillant. — Pas un penny vaillant, répéta Brook, en faisant une grimace ; s'il en est ainsi, je te plains, car on ne vit ici qu'à prix d'argent, et ce qui ne coûte rien est si mauvais, que le concierge est forcé de faire faire une soupe à part, pour nourrir les chiens qui nous gardent. Je te quitte, pour aller vider quelques pots de bierre avec un nouveau venu ; celui-là est plus heureux que toi, il est encore en possession de cinq guinées, dont nous

(*) Un sou.

l'auront bientôt débarrassé. Si tu
veux être des nôtres, viens, je te
présenterai comme étant le meilleur
de mes amis. — Laisse-moi, te dis-je,
ta joie me fait mal. — Je ne veux pas
te gêner, camarade, je me retire.
A propos, j'oubliais le meilleur, et le
plus consolant pour toi : avant un
mois les assises tiendront, ainsi tu
n'auras pas long-temps à souffrir. Piétra, fit un nouveau signe à Brook de
se retirer ; et ce dernier s'en forma-
lisa. — Piétra, lui dit-il, nous ne
sommes plus au temps où tu pouvais
me commander ; aujourd'hui, tout
est devenu égal entre nous, un même
échafaud nous sera commun. Alors
plus de ligne de démarcation entre
le maître et le valet. — Piétra impa-

tienté, le repoussa avec tant de violence, qu'il le fit tomber rudement
par terre. — Brutal, dit Brook, en
se relevant, et assénant un vigou-
reux coup de poing à Piétra, crois-
tu m'en imposer? Un combat suivit,
plusieurs prisonniers survinrent et les
séparèrent.

Piétra, sans moyen de payer un
logement particulier, partageait avec
quinze ou vingt autres la chambre
commune.

Le lendemain du jour de son entrée à Newgate, on le trouva mort
dans son lit, et baigné dans son sang :
il s'était ouvert les quatre veines
avec un canif, dont il s'était emparé
sans qu'on s'en fût aperçu, lorsqu'on
le fit passer au greffe, pour enregis-

trer son nom et son signalement.
Quand on apprit sa mort à sa femme,
elle s'écria : — Le lâche, je ne l'imi-
terai pas ; avant de voir terminer ma
carrière, je veux apprendre à tous
ceux que j'abhorre, que c'est à moi
qu'ils doivent plus de trente années
de tourmens.

Quelques jours après, la femme
Piétra obtint du concierge de quoi
écrire ; à ses instantes prières, il lui
procura aussi un homme qui se chargea de porter une lettre à Sempervive. Voici le contenu de l'écrit :

« Une femme que M. le marquis
« de Limandre a beaucoup connue,
« et qui n'a jamais cessé de prendre
« à lui le plus *vif intérêt*, désirerait
« ne quitter la vie, qu'après lui avoir

« fait des révélations fort importan-
« tes pour son bonheur futur. Cette
« même femme, ne pouvant quitter
« le lieu où des circonstances abso-
« lument étrangères à M. le marquis
« l'ont conduite, l'engage à prendre
» la peine de se transporter le plus tôt
« possible à Londres; il ne regrettera
« pas d'avoir fait cette démarche,
« quand il sera informé des motifs
« de celle qui la sollicite.

« C'est à Newgate, que M. le mar-
« quis de Limandre trouvera la per-
« sonne qui lui adresse cette lettre ;
« il pourra demander mistriss Wil-
« liam. »

Cette mistriss William était une
compagne de la Piétra, et qui lui permit de se servir de son nom.

CHAPITRE XXIX.

L<small>A</small> manière horrible avec laquelle
Thérésa termina sa coupable vie, ins-
pira une sorte de stupeur à tous ceux
qui en furent témoins ; le marquis fut
le premier à rompre le silence, pour
engager Ethelbald à s'éloigner d'un
spectacle aussi révoltant. Molly, rendue à elle-même, rassembla les feuillets
restés sur la table, et suivit son maître : dès qu'ils furent hors de la cham-

bre de la morte, elle présenta le ca-
hier à M. Sidney. — Réunissez-vous
à M. le marquis, lui dit-elle, pour
en faire la lecture, vous avez un intérêt presqu'égal à en connaître le
contenu. Sans prévoir les atroces
découvertes qu'ils allaient faire, ils
éprouvèrent une vive impatience de
satisfaire leur curiosité. L'appartement du marquis étant le plus près,
ils y entrèrent ; et après s'être enfer-
més, ils se mirent en devoir de lire.
Un tremblement prit à M. de Limandre ; son ami le voyant pâlir, l'engagea à remettre au lendemain la
connaissance de l'espèce de mémoire.
— Non, non, dit Eugène, une sorte
de pressentiment semble m'avertir
que ces feuilles doivent être pour

moi un accroissement de douleur, ou
une source de félicité.

Combien de fois, en lisant, Eugène et Ethelbald s'interrompirent,
pour laisser un libre cours aux larmes
d'attendrissement , de pitié et de
douleur, que leur arrachaient les
différentes et épouvantables situa-
tions, où se trouvaient des êtres si in-
téressans et si chers. — Pauvre Juliana ! infortunée Elisa ! s'écriaient-ils
ensemble. Tant de vertus, de douceur et de beauté, n'ont pu fléchir la
férocité de leurs persécuteurs. — La
voilà expliquée, dit le marquis, cette
tendresse vive que m'avait inspirée
Elisa , fille de ma Juliana ; la nature
me disait que je devais t'aimer, te
chérir. L'histoire que mistriss Forsa-

ken lui avait racontée, lui revint à l'esprit ; il parut frappé d'une idée nouvelle. — Ethelbald, dit-il, l'habitante de la ferme est ma Juliana ! son récit coïncide parfaitement avec les aveux de Thérésa : plus de doute, j'ai retrouvé ma fille, je vole au Newbulding. — Un moment, mon cher Eugène, en vous livrant à cet espoir enchanteur, vous vous exposez à ressentir la plus cruelle peine. Cette dame, m'avez-vous dit, est laide et difforme ; le chagrin ne peut avoir opéré un pareil changement. — Ce furent aussi les Piétra qui la retinrent captive.— Peut-être a-t-elle partagée la prison de votre fille. — C'est ma Juliana, mon cœur me l'assure, il ne peut me tromper. M. Sidney voulut accompagner son ami jusqu'à la porte de la ferme.

Déjà la mort de mistriss Sidney était connue à la ferme, la fermière monta chez sa locataire pour la lui apprendre. On avait parlé d'une catastrophe sans rien *préciser* ; les rapports étant souvent faux, la fermière n'en dit pas un mot. — Que Dieu lui pardonne ! comme..... Mistriss Forsaken s'arrêta, puis reprit : Je veux dire qu'à supposer que mistriss Sidney ait eu des torts avec quelqu'un, je désire que Dieu les lui pardonne. En ce moment, le marquis envoya un enfant de la ferme prier l'étrangère de vouloir bien le recevoir. C'est ainsi qu'il en usait à chacune de ses visites ; il fut admis sur-le-champ.

— Il vous est arrivé quelque chose
de fâcheux, mon cher Eugène ; juste
ciel ! comme vous êtes pâle et changé.
Peut-être la mort de mistriss Sidney
cause l'état où je vous vois ? Les yeux
de M. de Limandre, pour la première fois, cherchaient à découvrir
les traits de l'étrangère à travers le
voile qui couvrait son visage. — La
mort de Thérésa..... il est vrai..... a
beaucoup de part à.... l'anxiété que
j'éprouve. Vous seule, madame,
pouvez y mettre un terme. — Moi ?
Qu'ai-je de commun avec la femme
que l'on regrette ? — Regretter ! ah !
personne ne peut, ne doit lui donner
un regret. O nom du ciel ! continua
Eugène, permettez qu'une fois, une
seule fois, je puisse voir votre figure à

III.

découvert. — Pour quel motif? —
Si vous ne le devinez pas, je suis
bien malheureux. — Malheureux! et
j'en serais la cause! cependant je
crains encore... non pour moi, Dieu
m'est témoin que, pour vous éviter
un chagrin, je braverais tous les dangers qui me seraient personnels. —
Juliana! prononça le marquis d'une
voix basse. A cette touchante inter-
pellation, l'étrangère tomba à genoux,
et tendit les bras. — Mon père! s'é-
cria-t-elle! pardonnez-moi d'avoir
dissimulé si long-temps, vos jours
étaient menacés, je devais me taire
et mourir. Se débarrassant alors du
voile, du bandeau, et de tout ce qui
la rendait difforme, elle parut aux
yeux de son père, dans sa situation

naturelle. — Ma Juliana ! mon enfant ! disait le marquis en la pressant
contre son sein, je te retrouve après
t'avoir crue morte. Oh ! comble de
la félicité ! dis-moi, assure-moi, que
tu m'es rendue ; que ce moment,
le plus doux, le plus heureux de ma
vie, n'est pas une illusion de mes
sens !— Mon père, mon tendre père,
notre réunion est une réalité, croyez-
en mon amour et mes caresses.

Quand le calme eut succédé au délire de la joie, Juliana dit à son père :
— Le récit que je vous ai fait de mes
malheurs est exact : excepté les circonstances qui auraient pu me faire
reconnaître, je n'ai rien omis de ma
triste histoire : dans le nombre de
mes réticences obligées, je vous ai

caché le serment affreux que ma tante, Piétra et sa femme, avaient exigé de moi. Les cruels me firent jurer, sur les signes les plus sacrés de
la religion, de ne jamais faire connaître mon origine ; il me fut même
défendu d'instruire mon époux et ma
fille, de mon véritable nom. Lors de
notre séparation, je dis simplement
Edward, que s'il m'était jamais
possible de m'échapper de mon horrible prison, ce serait à Sempervive
qu'il pourrait avoir de mes nouvelles,
soit par milady Pomfret, ou le marquis de Limandre. Ma chère Emma
n'en apprit pas davantage. Afin de
me forcer doublement au secret, on
m'avait assuré que si je ne le gardais pas
scrupuleusement, mon père serait la

première victime de mon indiscrétion. La mort m'eût semblé cent fois préférable à rien dire qui pût faire découvrir ce mystère d'iniquité. Aujourd'hui même, que la mort d'un de mes ennemis, semble m'autoriser à parler, je tremble encore que les deux complices de mistriss Sidney, n'effectuent leur horrible menace. Eugène rassura sa fille, en lui promettant de prendre des précautions, pour se mettre à l'abri des attaques qu'on pourrait lui faire.

Juliana et son père, regrettèrent beaucoup que l'aveu que Molly fit à sa maîtresse qu'elle était l'auteur de l'avertissement fait à Elisa, eût interrompu le récit de Thérésa; cette fâcheuse circonstance empêcha qu'on

n'apprît de cette femme coupable,
ce qu'elle et ses complices avaient fait
d'Elisa, dans le cas où elle aurait eu
le malhéur de retomber dans leurs
mains. Depuis long-temps Molly
n'inspirait aucune confiance à mistriss Sidney, moyennant cela cette
fille ignorait le sort actuel de Piétra,
et ce qu'était devenue Elisa. Elle
croyait bien que c'était le scélérat
Piétra qui avait commis les deux assassinats, mais elle n'osait l'affirmer.

Le bonheur du père et de la fille
ne pouvait être parfait, tant qu'ils
seraient séparés de l'aimable Emma,
véritable nom, comme on le sait,
d'Elisa.

Le marquis n'eut pas de peine à

décider Juliana à venir habiter le
château. Avant d'y retourner, M. de
Limandre fit appeler le fermier et la
fermière. En apercevant le changement de forme de leur locataire, ils
témoignèrent la plus grande surprise.
— Des raisons, leur dit le marquis,
qui avaient ma sûreté pour objet,
ont forcé ma fille à se déguiser
comme vous l'avez vu. Aujourd'hui
que ces motifs n'existent plus, elle
apparaît à vous et à tout le monde,
dans son état naturel. Un billet de
banque de cinquante guinées fut
long-temps refusé par les honnêtes
villageois; ce ne fut qu'après les plus
vives instances, et dans la crainte
de désobliger M. de Limandre, qu'ils
consentirent à l'accepter.

Après avoir vu entrer le marquis dans la ferme, M. Sidney retourna au château pour donner les ordres nécessaires à l'enterrement de mistriss Sidney. Le docteur avait assuré que la mort de la défunte n'avait été qu'avancée par la fureur où elle s'était livrée. — Une autre, dit-il, eût pu en réchapper; mais le sang de mistriss Sidney étant absolument brûlé par la violence de son caractère et la fréquence de ses emportemens, ne me laissait que peu d'espoir de la sauver.

Ethelbald, vivement affecté d'avoir acquis la certitude de la perversité de Thérésa, se retira dans la bibliothèque de milady Pomfret : c'était en ce lieu que Sa Seigneurie ai-

mait à passer quelques heures dans
la retraite. M. Sidney réfléchissait
tristement aux fatales suites qu'avait
eues son hymen avec la plus méchante des femmes et la plus criminelle; d'après ses propres aveux.
Combien il se reprocha de n'avoir
pas cédé aux avis de milord Georges
son frère! Que de maux il se fût
évité s'il n'eût pas persisté! Ces dou-
loureuses réflexions furent interrompues par trois petits coups frappés à
la porte. Le marquis avança doucement la tête pour demander si son
ami pouvait recevoir la visite d'une
aimable dame. Jusqu'alors Ethelbald
avait douté que l'espoir d'Eugène se
réalisât, ne pouvant concilier dans
sa tête qu'une personne qu'il avait

10.

vue belle et bien faite, fût devenue
aussi affreuse qu'on lui avait dépeint
mistriss Forsaken. Encore incertain
sur ce qu'il devait penser, il se leva
et fit quelques pas pour recevoir
l'étrangère. Dès le premier coup
d'œil, il reconnut la charmante Juliana. Sa vue inopinée lui rappela le
temps où elle daignait lui donner
des soins. Un soupir de regret lui
échappa. Si elle eût été sa compagne,
au lieu... Ces pensées n'eurent que la
durée d'un éclair. Revenant promp-
tement à lui, il accueillit la fille de
son ami avec respect et affection ;
puis il félicita Eugène d'avoir enfin
retrouvé le digne objet de son immortelle tendresse. Mistriss Béverley
(on ignorait à Sempervive qu'Ed-

ward avait perdu son père et hérité
de son titre), mistriss Beverley, di-
sons-nous, fut invitée par le marquis
de répéter à Ethelbald tous les évé-
némens de sa douloureuse existence
depuis son enlèvement. Juliana venait de terminer cet intéressant récit,
les yeux de M. Sidney, ainsi que
ceux d'Eugène, étaient encore remplis de larmes, quand un domestique
vint remettre au marquis une lettre
apportée par un exprès.

On se rappelle, qu'à la prière de
la femme Piétra, le concierge de la
prison où elle était détenue, avait
consenti à faire partir un homme
pour Sempervive.

M. de Limandre fit part à sa fille
et à son ami du contenu de la lettre :

tous deux furent d'avis qu'il fallait
entendre les aveux de cette femme.
— Peut-être, dit Juliana, obtien-
drons-nous par elle des nouvelles
d'Emma; je vous accompagnerai
dans ce voyage, ajouta-t-elle, et je
pense, mon père, qu'il faut hâter
notre arrivée à Londres le plus qu'il
nous sera possible.—Je partirai avec
vous, dit Ethelbald ; je trouverai le
double avantage de pouvoir veiller
à la sûreté du père et de la fille,
et m'éloigner d'un lieu qui me rappelle sans cesse les plus horribles
souvenirs. Il fut décidé qu'on se mettrait en route le lendemain. A la
prière de Molly, mistriss Beverley
consentit à la prendre à son service.
L'écrit dicté par Thérésa affirmait

que cette fille n'avait jamais approuvé ses mauvaises actions ; que même elle s'était toujours efforcée de l'en détourner. On lui devait, d'ailleurs, d'avoir préservé le marquis et Elisa d'un hymen dont la seule idée jettait l'épouvante et l'horreur dans tous les esprits. Ethelbald et Eugène voulurent la récompenser en lui assurant un sort indépendant ; elle refusa toute autre récompense que celle d'appartenir à la mère de la charmante Elisa.

Le jour suivant, au moment où l'on déjeunait en hâte, attendu que les chevaux étaient attelés et tout dispos és pour le départ, une chaisse de poste entre dans la cour ; il en descend un cavalier qui demande

milord Sidney. Les domestiques ré-
pondent que milord Sidney habite
Londres. Ethelbald se présente pour
confirmer le dire de ses gens.—C'est
M. Walsbery! s'écrie-t-il en apercevant l'arrivant, et il le fait entrer
dans le parloir. Le marquis le reconnaît et lui tend la main. Amedeus
jette un regard d'anxiété autour de
la salle. Ses yeux s'arrêtent un instant sur mistriss Beverley. L'air
joyeux qu'il avait d'abord fit place
à une sorte de tristesse : ces différentes émotions avaient eu lieu tandis que les valets avaient, par l'ordre
de leur maître, apporté un nouveau
déjeuner pour l'étranger. — Je vous
dirais, soyez le bien-venu, M. Walsbery, si je n'avais à ajouter que des

affaires fort importantes nous appelant à Londres, nous allions nous mettre en route lors de votre arrivée. — Je ne prétends déranger en rien vos projets, qui sont absolument conformes aux miens. Je ne suis venu, milord, s'adressant à Ethelbald, que pour vous chercher, votre présence à Londres étant en ce moment indispensable. — En ce cas, vous ferez le voyage avec nous. Cependant je désire savoir quel est l'objet important qui nécessite ma venue dans un lieu où je ne fus qu'une fois depuis vingt ans, et où je ne connais presque personne. — La prise de possession des titres et de la fortune de votre famille qui vous sont dévolus par la mort de Georges Sidney, votre frère

aîné. Malgré le peu d'attachement
que lord Georges avait toujours témoigné à Ethelbald, ce dernier s'af-
fligea sincèrement de sa fin préma-
turée. Il ne fallait rien moins que la
présence d'amis bien chers pour calmer la douleur que lui avait fait
éprouver une nouvelle aussi inat-
tendue.

On ne jugea pas à propos d'instruire M. Walsbery, avant le départ,
des fâcheux événemens survenus
dans la famille durant sa longue absence de Sempervive. N'ayant pas
quitté le jeune Charles Sidney jusqu'à sa mort, et étant toujours resté
attaché à son père depuis, Amedeus
n'ignorait pas que Milady Pomfret
avait suivi de près son arrière-petit-

fils au tombeau; mais, aucune autre
circonstance ne lui était connue. La
manière outrageante avec laquelle il
avait été traité par mistriss Sidney,
sous le simple soupçon de son amour
pour Elisa, l'avait décidé à étouffer,
s'il était possible, un sentiment qui
ne lui présageait que des chagrins.
Ce fut néanmoins sans succès qu'il
essaya de chasser la trop aimable
Elisa de son souvenir; courageuse-
ment il s'imposa la loi de ne prendre
à son sujet aucune information. Ce
moyen n'eut d'autre avantage, que
de cacher à tout le monde la véritable source de la tristesse qui ne le
quittait jamais; mais il ne cessa pas un
seul instant, de penser à la fille en-
chanteresse qui avait, pour la première

et dernière fois, fait battre son cœur.
Le serment de n'en point épouser
d'autre, fut prononcé par lui-même,
avant de quitter Sempervive : non-
seulement il y avait été fidèle, mais
il trouvait une sorte de douceur à le
renouveler chaque jour.

Il eût été bien difficile que quatre
personnes qui ont, l'une pour l'autre,
estime et amitié, se trouvant enfer-
mées dans une même voiture, ne se
livrassent pas à une confiance qui soulage le cœur. Ce n'était pas le projet
d'Ethelbald, de faire un secret à
Walsbery d'événemens que tous les
environs de Sempervive savaient, ou
pour mieux dire, sur lesquels on ne
pouvait avoir que de fausses données.
Il fallait donc, autant pour faire con-

naître la vérité que pour ne pas montrer de la défiance à un honnête
homme, l'instruire de la multitude
de circonstances malheureuses dont
les amis de Milady Pomfret avaient
été victimes. Ce fut une histoire fort
longue à raconter à Amedeus. Le
marquis commença, mistriss Beverley fut invitée ensuite à prendre la
parole, et milord Sidney se chargea
de la conclusion. Walsbery écouta
avec une vive sensibilité et un tendre
intérêt, un récit où la vertu la plus
pure était sans cesse aux prises avec le
crime. La patience et le courage de
la mère de celle qu'il aimerait éternellement, excitait son admiration;
mais combien son cœur souffrait, en
pensant que la douce et belle Elisa,

pouvait être encore au pouvoir des
monstres qui avaient juré la perte
de sa famille. La crainte qu'elle ne
succombât à l'excès des maux, que
sûrement on lui faisait supporter,
enflamma son sang.—Je jure, dit-il,
avec une énergie digne d'une si belle
cause, de ne prendre aucun repos
que je n'ai découvert l'antre infernal
où l'on retient.cette intéressante victime. — Nous avons aussi le même
projet, dit le marquis, mais avant
d'entreprendre aucune démarche, il
faut savoir ce que la prisonnière peut
avoir à me révéler. Juliana dit
qu'elle avait le pressentiment que
cette entrevue ferait cesser leur
tourment. Amedeus consentit, avec
peine, à retarder ses recherches ; il

aurait tant désiré d'être le libérateur
d'Elisa! Il m'est moins permis que
jamais, pensait-il, d'oser prétendre
à sa main : mon existence précaire,
l'espèce de dépendance où j'ai vécu
près de milord Georges, tout enfin
me défend de concevoir le plus léger espoir; mais je la trouverai, je la
délivrerai, je la rendrai à ses parens.
En contribuant à sa félicité, je ces-
serai de me croire malheureux.

Les voyageurs descendirent à l'hôtel Sidney. Ethelbald pria Walsbery
de conduire Juliana dans le plus bel
appartement, et d'en faire les hon-
neurs; il recommanda à Molly de
veiller à pourvoir aux besoins de sa
maîtresse, et d'en prévenir les désirs. — Si vous voulez m'obliger,

dit-il à mistriss Beverley, vous agi-
rez précisément comme si vous étiez
chez vous. Après avoir donné des ordres de circonstances, milord Sidney
suivit son ami à Newgate, ne voulant pas qu'il y allât seul.

Eugène demanda à être conduit à
mistriss William. On introduisit les
étrangers dans une grande salle, où
se trouvaient plusieurs lits. Le guichetier, qui les précédait, prononça à haute voix le nom de mistriss
William. Une femme entre deux
âges, et d'un abord rebutant, se présenta. — Que me voulez-vous ? —
J'ai reçu, dit le marquis, une lettre
qui m'invitait... — C'est moi qui veux
vous parler, dit une femme couchée
dans un lit, placé dans un endroit

un peu sombre. Mistriss William, je vous prie, faites approcher le marquis de Limandre, j'ai reconnu le son de sa voix. L'officieuse amie, approcha deux chaises et se retira à l'autre bout de la salle. — Vous n'êtes pas seul, Eugène? Ce ton familier surprit les deux beaux-frères. — Mon ami est un second moi-même, vous pouvez expliquer, devant lui, le motif qui vous a engagée à m'écrire. — Savez-vous si je consentirai à parler devant un tiers? — Je vous répéterai que je n'ai rien de caché pour milord Sidney. — Ethelbald est il donc devenu possesseur des titres de sa famille? — Que vous importe? Je suis venu pour prendre connaissance d'importantes révélations, et non

pour faire la conversation avec une
personne que je ne connais pas.
— Regardez - moi , dit la prisonnière, en ouvrant les rideaux avec
vivacité , et osez répéter que vous ne
me connaissez pas? Alors un visage
au teint plombé, et un corps déchar-
né , se montrent aux yeux des deux
amis. — Je dirai pour la seconde fois,
que je ne vous ai jamais vue. — Je
vous reconnais , moi, dit milord,
vous êtes cette aventurière qui se faisait appeler madame de Montdésir,
et habitait Brook-Lodge , situé dans
le voisinage de Sempervive.—Le détail des *localités* est exact, et je ne
me défends pas d'être la personne
que vous venez de désigner. —Cet
aveu me confirme l'espoir que j'avais

conçu. — Quel espoir, M. le marquis ? — Que vous m'apprendrez ce
qu'est devenue Élisa. — Je le puis,
si je le veux. — Votre lettre m'est le
garant que vous en avez la volonté.
— Avant d'en venir à la découverte,
à laquelle vous attachez tant d'impor-
tance, je vous en ménage de plus d'une
espèce ; votre ami n'est pas de trop ;
il peut même lui devenir utile de savoir qu'on ne fait pas à une jolie femme, impunément, l'affront de dédai-
gner les preuves réitérées qu'elle veut
bien vous donner de ses tendres sentimens. A présent, Eugène, persistez-
vous à ne pas savoir qui je suis. — Je
vous proteste que votre discours m'est
tout-à-fait inintelligible. Votre figure, le son de votre voix, les circons-

tances que vous avez mentionnées,
ne me rappellent, en aucune manière,
que j'aie jamais rien eu de commun
avec vous. — Avez-vous véritable-
ment oublié madame de Soriano?
Le marquis fit un mouvement de surprise. — Seriez-vous, en effet, cette
femme perverse qui seconda l'atroce
Papalloni dans l'enlèvement de ma
première épouse? — C'est moi-même.
— Et vous poussez la hardiesse jusqu'à me l'oser dire en face! — Si
vous désirez connaître l'asile actuel
d'Elisa, il faudra que vous entendiez
des choses bien plus terribles encore;
consultez-vous, voyez si vous voulez m'imposer silence. Force fut au
marquis d'écouter un récit qui devait
renouveler ses douleurs, en rappe-

lant à son souvenir de bien affli-
geantes circonstances. Ethelbald,
craignant que sa présence n'empêchât
la prisonnière d'entrer dans des détails qu'il importerait, peut-être,
beaucoup au marquis de connaître,
proposa de s'éloigner. — Restez, milord, j'en suis arrivée au point de
n'avoir plus besoin de rien cacher. A
la fin de ma longue histoire, vous apprendrez le mot de cette énigme.
Madame de Soriano commença.

Plusieurs des faits contenus dans
le récit de cette femme, étant connus
du lecteur, nous ne relaterons que
ceux nécessaires à l'éclaircissement
de beaucoup de circonstances mysté-
térieuses, et qui, au dénouement de
l'ouvrage, doivent être expliquées.

Quand la marquise de Limandre
fit à Metz la connaissance de l'Italienne Soriano, elle lui présenta Papalloni comme son cousin. Cependant aucun lien de parenté ne les
unissait. Attachés l'un à l'autre,
d'abord par un sentiment tendre,
tous deux quittèrent leur famille qui,
jusqu'à eux, n'avait produit que
d'honnêtes gens. Voulant jouir d'une
entière liberté, ils s'éloignèrent de
ceux qui avaient le droit de la cir-
conscrire. Chacun eut soin en partant de se munir, par des moyens
répréhensibles, d'une assez forte
somme pour pouvoir exister durant
quelque temps. La mauvaise étoile du
marquis de Limandre et de son épouse
amena ces deux intrigans à Metz.

Leur excessive dépense dépassant de beaucoup leurs chétifs moyens, ils touchaient à un entier dénuement, quand madame de Soriano se lia avec la marquise. Cette dernière, franche et bonne, se prêta de tout son cœur aux avances que lui fit l'Italienne : une intime liaison s'en suivit.

Papalloni ne put voir les charmes séducteurs de la marquise sans en devenir éperdument amoureux ; sans le vouloir et sans s'en douter, le marquis fit la même impression sur le cœur de l'étrangère.

Pendant long-temps madame de Soriano se flatta de rendre Eugène infidèle : alors elle était belle. M. de Limandre ne s'aperçut ni de sa beau-

té, ni des efforts qu'elle faisait pour
s'en faire aimer. Quand une femme
s'oublie au point de faire des avances
à un homme, qu'en doit-elle recueillir ? Le mépris. Sans doute il est avi-
lissant d'être méprisé; mais du moins
c'est inspirer un sentiment : mais
n'obtenir que l'indifférence, c'est
pire encore, du moins l'étrangère le
pensa ainsi. L'amour-propre humilié
est un stimulant pour la haine. Le
sort de Papalloni ne fut pas plus heureux : la marquise ne remarqua point
sa passion; et, le considérant comme
un ami, elle mit en lui toute sa confiance. On a vu à quel point le misérable en avait abusé.

Quand des êtres exécrables se li-
guent contre l'innocence et la crédu-

lité, leur triomphe est presque toujours
certain. On a vu les affreux malheurs
qui avaient été la suite de la confiance
de madame de Limandre dans le
perfide Italien : l'enlèvement de la
marquise, le départ d'Eugène pour
poursuivre le ravisseur de son épouse,
enfin la mort de cette dernière que
la crainte d'être soupçonnée par son
mari avait réduite au désespoir, et
pour ainsi dire forcée à attenter à sa
vie en se jetant à la mer (*).

Papalloni, n'ayant pu s'emparer
de la cassette qui contenait les qua-
rante mille francs volés au marquis,

(*) Pour ne pas avoir la double et fâcheuse
tâche de rapporter l'odieuse histoire de Papalloni, nous lui ferons prendre place dans
l'extrait de celle de sa complice.

vint rejoindre madame de Soriano.
Tous deux jurèrent de se venger. Nous
ne mentionnerons pas les moyens iniques et honteux qu'ils employèrent
pour se procurer de l'argent, ce sont
des détails qui répugnent à notre
plume. Le fait est, qu'ils eurent l'a-
dresse de s'approprier des sommes
considérables. Papalloni, aussi lâche
que scélérat, connaissant le dessein
du marquis de le découvrir, afin de
lui arracher la vie ou de perdre la
sienne, évita soigneusement de se
trouver sur son chemin. Néanmoins
il ne le perdit jamais de vue; muni
de beaucoup d'argent, il s'était attaché un misérable échappé du bagne
de Marseille; c'était l'infâme Hook.
Il était anglais; mais le délit étant

commis en France, il fut condamné à la marque et aux galères à perpétuité. Ayant trouvé le moyen de se soustraire à sa punition, il repassa en Angleterre, qu'il avait fui dix ans auparavant pour éviter d'être arrêté comme l'auteur d'un crime irrémissible dans son pays; celui de faussaire. Espérant que le changement, opéré par sa longue absence et les fatigues, le rendrait méconnaissable, il osa reparaître dans son pays natal.

Bien persuadée que le marquis ne reviendrait pas en France, madame de Soriano proposa à Papalloni d'aller habiter l'Angleterre; mais elle exigeait, avant, qu'il l'épousât; son désir trouva d'abord de fortes

11.

oppositions, qui néanmoins cédè-
rent à la menace de le dénoncer
comme étant l'auteur du rapt de
madame de Limandre. La connaissant capable de l'effectuer, il consentit, et les deux êtres les plus atroces furent unis.

La rencontre de Papalloni et de
Hook, eut lieu dans une auberge
de Cantorberry. Hook s'y était engagé comme garçon d'écurie, servant
aussi les voyageurs. A l'affût des occasions d'exercer son savoir faire,
Hook, en portant les effets des voyageurs, avait remarqué que l'étranger, en ôtant sa redingote, avait soigneusement serré un assez gros porte-
feuille dans une cassette assez lour-

de, qu'il avait transportée lui-même et dont sa femme avait la clef.

Une porte, en apparence condamnée, donnait d'un côté dans la chambre occupée par Papalloni et sa femme, de l'autre dans une espèce de galetas où l'on n'entrait presque jamais. Quand Hook présuma que tout le monde reposait, il se glissa par la porte *inusitée*, et entra dans la chambre. Au moment où il s'emparait de la précieuse cassette, Papalloni se réveilla. Au clair de lune il vit et reconnut le valet d'auberge. —Tu t'exposes, lui dit-il, à être pendu pour bien peu de chose : la cassette ne contient que des objets de contrebande. — Il y a aussi un portefeuille, dit Hook surpris de la mo-

dération de l'étranger. — Le porte-
feuille est rempli d'adresses des
marchands auxquels je puis vendre
mes marchandises, ainsi que de leurs
factures.—Vous avez raison, monsieur,
je ne suis qu'un sot, pardonnez mon
importunité. Je me retire. — Reste,
je voudrais savoir comment, avec les
heureuses dispositions que tu as à
exercer un métier lucratif, tu préfères
le vil état de valet d'écurie ; il me
semble que tu pourrais porter tes
vues plus haut. — J'ai souvent fait
la même réflexion, et je vous avoue
que je rougis de m'être ainsi ravalé ;
mais que voulez-vous, il faut céder
aux circonstances, ce sont elles qui
nous dirigent. — Je crois que tu entends, par les circonstances auxquelles

il faut céder, le manque d'argent.
— Précisément, et c'est là mon faible pour l'instant. — Je ne souffri-
rai pas qu'un homme qui me paraît
avoir tant de moyens de parvenir,
en soit réduit à ne faire usage de
son adresse que pour arracher de misérables bagatelles, que les voyageurs mettent seules en vue. Si tu
veux t'attacher à moi, je te promets
moins de dangers, et plus de profit.
— J'accepte votre proposition avec
d'autant plus de plaisir, que je trouve
en vous ce que j'ai vainement cher-
ché, un bon et franc compagnon.
Sur ma parole, je crois que nous ferons de bonnes affaires ensemble.
Quand vous mettrez vous en route?
— Au point du jour. — Je serai prêt

à partir. Un mot encore, ne pensez-
vous pas qu'il serait convenable de
prendre l'un avec l'autre de petits
arrangemens, qui deviendraient le
guide de notre future conduite? Si
nous convenions, par exemple, de
partager comme de bons frères. —
Il n'y aurait aucune justice. Je suis
tenu à de grands frais. — Au moins
le tiers. — Le quart, et tu dois te
trouver très-heureux. — Va pour le
quart, mais sans comprendre les
gratifications. — J'y consens. Ils se
séparèrent fort satisfaits l'un de l'autre.

Il paraîtra fort étrange que Papalloni surprenant un homme le volant,
le traite avec tant de douceur, quand
il pouvait le prendre au collet et le
faire conduire en prison. Papalloni

était prudent ; il sentait parfaitement, qu'en faisant une esclandre, il se mettait en évidence, se faisait remarquer, et dans sa position toute publicité ne pouvait que lui être très-nuisible ; d'ailleurs il lui fallait un second sur lequel il pût compter, et il ne pouvait le trouver que parmi les gens de son espèce.

Nous nous abstiendrons de suivre, pas à pas, les misérables que nous abandonnerions dans le *cloaque* où ils se sont plongés, s'il n'était absolument nécessaire de les mettre en scène pour l'intelligence du roman.

Fidèle aux principes que, pour se préserver, il faut détruire son ennemi, Papalloni saisit avec avidité toutes les occasions de se défaire du

marquis, sans toutefois s'exposer
lui-même. On a vu que, par des es-
pèces de miracles, M. de Limandre
avait échappé au fer assassin dirigé
contre lui à différentes reprises.

L'histoire de Blunt, racontée par
lui-même à Juliana, durant sa captivité au château isolé, a appris au
lecteur de quel manière Papalloni
et sa femme s'y étaient établis. Ce
malheureux Blunt avait volontairement omis la circonstance la plus
horrible de sa coupable vie, dans la
crainte de se rendre odieux aux yeux
de la prisonnière.

On n'a sans doute pas oublié que
les 40,000 fr. volés au marquis avaient
été déposés chez un homme public
de Douvres. Papalloni savait son

nom; il se rend chez lui accompagné
de ses deux satellites ; Hook reste
dans l'anti-chambre pour soutenir ses
complices en cas de mésaventure.
Papalloni et son compagnon sont introduits : le premier rappelle la cassette contenant 40,000 fr. argent de
France. Le notaire répond qu'elle
est restée intacte en dépôt entre ses
mains ; et montrant le lieu où elle est
placée, il ajoute qu'il attend qu'on
vienne la réclamer. —C'est pour cet
objet, dit Papalloni, que je me présente. Le marquis de Limandre m'a
chargé de venir vous la redemander.
—Vous êtes sans doute porteur de
sa procuration passée devant notaire ?
—La parole d'un homme comme
moi doit vous suffire. —Dans toute

autre circonstance, je m'en rappor-
terais à vous; mais comme il s'agit ici
d'un objet qui m'a été confié, il est
indispensable que je me mette en
règle. Avec l'autorisation de M. de
Limandre, signée de deux témoins,
je vous remettrai la cassette. — Et
c'est là votre dernière détermination?
— Oui, Monsieur. Papalloni fait un
signe à Blunt, qui se jette aussitôt sur
le notaire, et faisant usage de cordes
qu'il avait apportées sous sa redingote, il mit un bâillon au malheureux
et lui lia les membres, tandis que
Papalloni brisait la serrure du coffre
et s'emparait du numéraire. Il trouva,
à sa grande satisfaction, 30,000 fr.
en or et 10,000 en argent blanc.
Blunt fut chargé de cette dernière

somme. En sortant du cabinet, Papalloni fit nombre de saluts, comme si le notaire le reconduisait; il y joignit les plus vives instances pour ne pas se déranger; puis il ferma soigneusement la porte. Hook était en grande conversation dans l'antichambre avec un valet. Il la continua le plus possible, afin de donner le temps aux voleurs de s'éloigner. Sans affectation, il attira le pauvre diable de domestique jusqu'au bas de l'escalier; là il lui prit amicalement la main et lui dit adieu. Bientôt il eut rejoint ses deux complices : un bateau de pêcheur les attendait; ils se dirigèrent vers Boulogne. En débarquant, ils montèrent dans une chaise de poste et se rendirent à

Dieppe, et se rembarquèrent pour
Hastings. De cette manière, ils rom-
pirent le fil qui aurait pu conduire
sur leurs traces.

———

CHAPITRE XXX.

Avec de l'argent, les distances sont bientôt franchies. Papalloni, après dix jours d'absence, vint retrouver sa femme à Londres.

Une voisine de madame Papalloni recevait un journal; pour tuer le temps, l'Italienne le lisait chaque matin. Un article fixa particulièrement son attention. On y annonçait qu'une soirée nombreuse devait avoir

lieu chez mistriss Filmer, pour y entendre la fameuse cantatrice M. ***.
Parmi les personnes dont on donnait
les noms, qui devaient s'y trouver,
ceux de M. le marquis de Limandre,
de la jeune et jolie Juliana, fille du
marquis, de M. et mistress Barnesley,
son beau-père et sa belle-mère, frap-
pèrent madame Papalloni.

Depuis quelque temps, elle n'a-
vait eu aucune nouvelle qui eût rapport à Eugène; elle avait appris en
même temps son second mariage, la
mort de sa femme, puis le départ
prochain du marquis pour la France,
son troisième mariage à Nantes et
son établissement à Boissy. L'espoir
de pouvoir enfin satisfaire sa haine
immortelle contre Eugène avait dé-

cidé Papolloni à suivre ses traces.
La révolution commençait alors.
Malgré toutes ces démarches, Papalloni revint sans avoir pu exécuter ses
homicides projets, plusieurs attentats
ayant manqué.

Au retour de son expédition de
Douvres, sa femme se hâta de lui
montrer l'article qu'elle avait copié.
Le jour étant fixé, il fut facile à Papalloni de préparer ses batteries. Il
espérait pouvoir enlever le marquis
et sa fille, ou au moins l'un des deux.
Dans tous les pays on trouve des scélérats prêts à commettre les plus
grands crimes pour de l'argent. Hook
en attacha deux aux intérêts de Papalloni, ou plutôt à l'intérêt de tous.

Cette fois encore la tentative fut

déjouée; ce fut, comme on l'a vu,
le jeune Ethelbald Sidney qui fut
victime de la méprise. Papalloni ayant
reçu une blessure assez profonde,
fut plusieurs mois avant de pouvoir
vaquer aux affaires du dehors. Madame Papalloni commençait à mur-
murer; l'on dépensait beaucoup et
l'on ne travaillait pas à réparer le dé-
ficit journalier. Hook fut envoyé à
Green-House pour recueillir quelque
renseignement. Il rapporta que mademoiselle Juliana de Limandre était
chez milady Pomfret à Sempervive.
Cet adroit coquin avait trouvé le
moyen de se lier avec un des gens de
M. Barnesley, qui niaisement lui
avait donné infiniment de détails sur
la famille. On faisait beaucoup d'é-

loges de mademoiselle de Limandre ;
mais on ne parlait de miss Thérésa
Barnesley qu'en la nommant la farouche. Tout le monde, excepté son
père, sa mère, son frère et Eugène,
savait qu'elle était passionément éprise
du marquis français. Les domestiques,
qui chérissaient leur maître, la haïs-
saient, parce qu'elle était mauvaise
fille, mauvaise sœur et mauvaise maîtresse, et surtout, parce qu'elle mal-
traitait la douce et jolie Juliana. —
Voilà, s'écria l'Italienne, après avoir
écouté attentivement Hook, une
femme qu'il sera facile de mettre
dans nos intérêts : je m'en charge.

Il faut ici remettre les événemens
à leur véritable place. Blunt, dans
son récit à Juliana, avait tout-à-fait

III.   12

interverti les temps. Ne voulant pas
parler de l'horrible rôle dont il avait
été chargé à Douvres, il ne fit dater
sa connaissance avec Papalloni que
lorsque ce dernier prit possession du
château isolé. Ce qu'il avait raconté
de leur rencontre était vrai, mais
c'était à une époque fort antérieure.

Papalloni, sa femme et les quatre
satellites qu'ils avaient à leurs gages
quittèrent Londres. Depuis leur mariage ils avaient pris le nom de Piétra;
l'Italienne resta dans les environs de
Green-House avec Hook, et son
mari prit la route de Sempervive accompagné par Blunt et les deux va-
gabonds recrutés depuis peu.

Madame Piétra obtint un rendez-
vous de miss Barnesley, hors de vue

de la maison : ces deux méchantes femmes s'entendirent bientôt. Un même motif les guidait. Mues par une égale haine, elles formèrent une ligue *destructive* contre le marquis et sa fille. Le résultat d'une multitude de conférences fut l'enlèvement de Juliana. Papalloni, ou plutôt Piétra, fit prévenir sa femme qu'il avait eu le bonheur de trouver, à neuf ou dix milles de distance, un lieu sûr et inconnu où on pourrait enfermer des prisonniers avec toute sécurité. Assuré d'un asile impénétrable, il ne s'agissait que de se saisir de la victime.

Un événement bien malheureux facilita l'exécution du plus affreux projet. M. Barnesley fit une chute ; sa mort en fut la funeste suite. Mistriss

Barnesley ne put survivre à son
époux. De concert avec la Piétra,
Thérésa demanda d'aller joindre sa
nièce à Sempervive. On a vu comment la tante, en apparence, et la
nièce avec trop de réalité, avaient
été enlevées, ou plutôt comment miss
Barnesley s'y était prise pour emme-
ner Juliana de Sempervive, sans atti-
rer aucun soupçon sur elle-même.

Nous renvoyons le lecteur à l'histoire de mistriss Forsaken; en la racontant au marquis, elle ne supprima
que les noms et les circonstances qui
auraient pu la faire reconnaître par
son père; le reste fut exactement et
véridiquement détaillé.

A la nouvelle de la disparition de
sa fille et de sa belle-sœur, M. de

Limandre n'hésita pas à suivre leurs traces. Edgar Barnesley se mit aussi en campagne pour retrouver sa charmante nièce. Son voyage fut aussi long qu'infructueux. A son retour, il trouva sa sœur devenue une grande dame; à sa grande surprise, il la vit épouse d'Ethelbald, de l'aveu de milady Pomfret. Ce fut alors que Thérésa, revenue depuis deux ans à Sempervive, raconta à son frère une histoire odieuse, et où elle faisait jouer à sa nièce un rôle infâme. La mort de Juliana, expirée dans les bras de sa tante, fut annoncée au marquis par Edgar, quand il put en recevoir des nouvelles.

Les recherches du marquis n'eurent pas plus de succès que celles de

son beau-frère. Le lecteur se rappelle
sans doute que M. de Limandre, déguisé en garde national, parcourut
une partie de la France; que, durant
son court séjour à Nantes, il fut au
moment de tomber au pouvoir de
ses ennemis : un des agens de Pietra
le suivait partout. Ce fut l'hôtesse du
Lion d'Argent qui lui fit éviter l'horrible malheur d'être arrêté comme
espion. Le scélérat Hook, n'ayant pu
l'assassiner, le dénonça aux autorités.
Ce fut aussi dans cette ville que, pour
sauver la vie à une émigrée tombée au
pouvoir des républicains, il con-
tracta un troisième mariage.

Le marquis ne s'était décidé à aller
à Nantes que pour y suivre deux
femmes et un homme qu'il soupçon-

nait pouvoir être sa fille, Thérésa et leur ravisseur; quelques fragmens d'une lettre déchirée dont il crut reconnaître l'écriture indiquaient le rendez-vous dans la malheureuse ville devenue le théâtre des massacres de tous genres. Il n'en fallut pas davantage à M. de Limandre pour lui faire surmonter tous les obstacles et affronter tous les dangers. Le plus léger indice donnait une nouvelle actiité à son courage et alimentait ses espérances. Bien certain, d'après les informations, que Verdier, son valet de chambre et lui-même avaient prises, que ce n'était qu'une méprise, il se fût disposé à quitter Nantes, quand même il n'y eût pas été forcé par la crainte d'être arrêté.

M. de Limandre se mit en route
avec sa nouvelle épouse; ils se dirigèrent vers Amboise, ville natale de
la marquise. Là encore il fut pour-
suivi par un agent de Piétra. La
malveillance fut de rechef déçue.

La mort de madame de Limandre
ramena Eugène dans le pays de son
adoption. Avant d'atteindre Sempervive, il voulut faire prévenir les habitans de son arrivée. Il s'arrêta à
Hertfort, et envoya Verdier au château. Dans l'auberge où il était descendu, il eut une sorte de discussion
avec un individu qui n'était autre
que l'agent de Papalloni, attaché à
suivre ses pas.

Instruite par son mari du retour
du marquis à Sempervive, madame

Piétra, sous le nom de Montdésir,
quitta Brook-Lodge. Elle ne pouvait
rester dans le voisinage d'un homme
qui l'aurait reconnue du premier
coup d'œil. Elle avait décidé, avec
mistriss Sidney, de faire quelques
difficultés à la proposition qu'on lui
ferait sans doute de laisser Elisa chez
milady Pomfret; et, afin de donner
un air de mystère à la réclamation
qu'elle pourrait faire un jour de cette
jeune personne, madame de Montdésir exigea une promesse signée
d'Elisa, qui commençait par ces
mots : *Je m'engage à obéir*, etc.; en
outre, un papier fut déchiré en deux
parties, et l'on ne devait rendre Elisa
qu'à la personne qui apporterait la

moitié faisant contre-partie à celle
laissée à Thérésa.

L'extrême beauté d'Elisa ne laissait
aucun doute que sa vue ne fît une
vive impression sur le cœur du marquis. Les vertus, les grâces et les
talens dont elle était pourvue ache-
veraient de captiver tous ses sentimens. Mistriss Sidney se chargea
d'exciter une mutuelle inclination
dans ceux que la nature appelait à
se chérir. Mais ce n'était pas sous ce
rapport que ces deux exécrables femmes prétendaient les attacher l'un à
l'autre. Cet amour, si naturel entre
un père et sa petite-fille, devait être
la source de l'union la plus mons-
trueuse. Heureusement la Providence
qui veillait sur l'innocence ne permit

pas un triomphe qui eût porté l'horreur et le désespoir où devaient régner
le calme et le bonheur.

Le salutaire avertissement de Molly
avait décidé la fuite d'Elisa; le sort,
voulant la faire passer par d'autres
épreuves, la conduisit dans l'avenue
de la maison de campagne occupée
par Piétra et sa femme. Ce lieu,
comme on sait, était voisin du château isolé.

Avant de séparer Emma de sa
mère, on lui avait fait jurer de ne
jamais dire un mot qui eût rapport à
celle dont elle tenait le jour, la menaçant de faire mourir Juliana dans
les tourmens, si elle faussait son serment. On lui fit répéter la même
promesse en la laissant à Sempervive.

Au reste, qu'aurait-elle pu dire? Il
avait été défendu à Juliana d'apprendre à sa fille le nom et le rang de
sa famille. Elisa montra à madame
de Montdésir la lettre de Molly. Cette
circonstance fit changer les projets.
La mère était déshonorée, à ce qu'ils
croyaient, par un mariage infâme.
Pour couvrir de honte les deux gé-
nérations, on voulut unir la fille au
misérable Hook.

Le chapitre XVII relate les événemens qui suivirent la fuite d'Elisa
de Sempervive. Cette intéressante
victime d'une vengeance aussi injuste
qu'atroce, n'échappa à l'horreur du
sort affreux que les Piétra lui réser-
vaient que par l'humanité du jardi-
nier Meurice.

Protégée visiblement par la Providence, elle fut secourue et accueillie par deux êtres qui lui devinrent bien chers (*).

Piétra, sa femme et ses affidés, après avoir fait de vains efforts pour retrouver Juliana, se seraient décidés à quitter leur habitation, devenue inutile par la fuite des deux prisonnières Juliana et Elisa; mais où pouvaient-ils aller? Nulle part ils ne trouveraient un asile tel que le château isolé. Depuis qu'ils habitaient la maison du voisinage, ils avaient pu, avec sécurité, attaquer et dé-

(*) Rien n'étant obscur dans les événemens qui suivirent la rencontre de mistriss Clifton et de M. Webb, le lecteur n'a rien eu à deviner.

pouiller des voyageurs. Nul être vi-
vant n'aurait osé aborder cette masse
énorme de ruines, en apparence
prêtes à s'écrouler : c'était dans ce
lieu qu'ils se réfugiaient, sans jamais
avoir fait naître aucun soupçon. Leur
séjour journalier présentait une famille aisée qui n'excitait pas même
la curiosité.

La prospérité du crime ne peut
avoir qu'une courte durée. On se
lasse de tout, même d'être mis à con-
tribution, sur une grande route, par
des brigands subalternes; ceux que
commandait Piétra ne pouvaient
porter le titre pompeux de *gentlemen
height-waymen* (*), puisqu'ils se

(*) Gentilshommes voleurs de grands che-
mins.

présentaient à pied. Un homme de
mauvaise humeur, sans doute, dérogea
à la convention faite en Angleterre
de préparer la bourse des voleurs, et
il répondit aux douces paroles : *give
me your purse* (*), par un coup de
pistolet qui blessa mortellement l'un
des assaillans, et fit fuir les deux autres. Depuis ce jour, ils refusèrent de
travailler, du moins dans le voisinage. Piétra envoya Blunt avec un
de ses camarades à une expédition
lointaine ; on leur remit un peu d'argent, et ils partirent. On a vu que
Blunt, las depuis long-temps du métier, profita de l'occasion pour se
soustraire à un genre de vie aussi
dangereux qu'il était criminel.

(*) Donnez-moi votre bourse.

Les fonds ayant tout-à-fait manqué, la femme Piétra stimula si bien
le faible courage de son mari, qu'elle
le décida à partir pour Sempervive,
lui assurant d'avance qu'il obtien-
drait, sans peine, une forte somme
de mistriss Sidney, en la menaçant
de la faire dénoncer comme auteur
des enlèvemens de Juliana et de sa
fille. On sait quel fut le résultat horrible de ce fatal voyage.

Papalloni ayant eu la double
adresse de s'emparer des banknot-
tes et de s'échapper du château où
il venait de commettre deux assassinats, se rendit à Londres. Il avait
donné rendez-vous à sa femme dans
la capitale. L'Italienne déplorait l'o-
bligation où elle était de nourrir Hook

et son compagnon, sans en tirer le plus léger service. Piétra, pour l'apaiser, lui promit une nouvelle ressource. Plusieurs fois il avait été dans une académie de jeux de hasard; le bonheur, ou plutôt ses fripponneries, l'avaient favorisé. La vue d'une douzaine de guinées avait calmé les craintes qu'avait montrées madame Pietra de tomber dans la misère.

L'espoir de rencontrer Juliana ou Elisa n'avait quitté ni le mari ni la femme. Pietra et ses deux satellites parcouraient les promenades, les jardins publics et les spectacles. Ce fut à un de ces derniers que Hook reconnut Elisa, et l'on a vu l'usage qu'il avait fait de cette découverte.

Piétra, ordinairement, ne s'approchait des tables, dans l'académie qu'il fréquentait, que lorsqu'il y apercevait un ou deux de ses *confrères;* mais il avait tellement pris la passion du jeu, qu'il finit par s'exposer aux chances du hasard, quand il ne pouvait être secondé.

Une nuit qu'il s'était livré sans *défense,* il perdit une somme fort audessus de sa possibilité de l'acquitter; ce fut M. Homespun qui devint son créancier. Nul autre moyen que celui d'offrir en paiement une jeune et jolie fille ne se présenta à sa pensée. L'homme riche accepta le marché.

Ici madame Piétra s'arrêta, moins pour reprendre haleine que pour prolonger les horribles anxiétés de M. de Limandre. Après un instant de si-

lence, le marquis demanda d'une voix
tremblante, si le *marché* infâme
avait eu son exécution. L'Italienne
sourit ironiquement. — Je voudrais,
lui dit-elle, qu'il me fût possible de
jouir, pendant dix ans, du spectacle
si doux pour mon cœur du terrible
état d'angoisse où je vous vois. —
Scélérate, s'écria Ethelbald, en s'approchant avec vivacité du lit. — Vous
n'êtes pas prudent, Mylord, dit la
prisonnière en le repoussant de la
main; le secret le plus important à
connaître ne m'est pas encore échappé; prenez garde que je ne le ren-
ferme éternellement dans mon sein.
Le marquis prit un air suppliant. —
Il fut un temps, Eugène, reprit-elle,
où j'eusse sacrifié jusqu'à la moitié

de ma vie pour vous accorder tout
ce que vous auriez pu me demander
de cette manière. Aujourd'hui je
borne mes jouissances à m'enivrer
de vos souffrances. Mylord Sidney,
hors de lui, allait de rechef s'élancer
sur l'exécrable créature, quand M. de
Limandre l'arrêta. — Cette femme
est malade, lui dit-il ; elle a des droits
à notre pitié. — Je ne veux pas de
votre pitié, s'écria l'Italienne ; elle
m'est odieuse ! Mistriss William, ex-
citée par la curiosité, s'était rappro-
chée ; indignée de la perversité de sa
compagne, cette femme ne put se
contenir. — Le délit, dit-elle, qui m'a
conduit ici prouve mon peu de droit
à l'estime des honnêtes gens ; mais jamais je n'eus à me reprocher d'avoir

fait le mal pour le seul plaisir de le faire. Guidée par l'amour de l'argent, j'ai tout osé pour le satisfaire. Votre acharnement, ajouta-t-elle, à torturer ce pauvre Monsieur, vous fait perdre mon amitié. — Il saura ce qu'il désire, reprit la Piétra, non pour l'obliger, mais pour accroître ses douleurs. Avant d'en venir là, il faut qu'il apprenne le sort de ses ennemis. Ce sera du moins un baume salutaire pour ses blessures.

Alors cette femme odieuse instruisit le marquis de la mort que Papalloni s'était donnée lorsqu'ils furent arrêtés. Se souciant fort peu de la vie, elle avait avoué non-seulement ses crimes connus, mais ceux qu'on ne soupçonnait même pas; et finit par

confesser qu'elle et son mari avaient
fait conduire Elisa à la prison de la
Fleet, où elle était sans doute encore.
A peine ces paroles furent prononcées, que le marquis avait quitté la
chambre. Avant de sortir, il remit au
concierge quelques guinées pour porter à la prisonnière William.

Les deux amis furent en peu de
temps à la porte de la Fleet; ils demandent miss Elisa de Lappallin. —
Il y a déjà long-temps, leur dit-on,
que la personne que vous désignez
est hors d'ici; elle a été réclamée par
son père. — Vous vous méprenez, ou
nous ne nous entendons pas. — Il est
facile de s'assurer, dit le concierge,
s'il y a erreur ou non. La jeune dame
en question a seize à dix-sept ans;

elle est grande, bien faite, et sa beauté est incomparable. Le marquis, frappé de la ressemblance du portrait, resta pétrifié. Mylord demanda si le père avait fait connaître son nom? — Oui, Monsieur, il n'avait aucune raison pour le tenir caché; c'est un grand et magnifique seigneur. Tout le monde sait que mylord Beverley est l'homme le plus généreux qui existe. Eugène, malgré l'incertitude où il était resté, se fit donner l'adresse de mylord Beverley, et se rendit précipitamment, avec Ethelbald, à son hôtel, persuadé qu'il allait trouver le beau-frère de sa fille.

CHAPITRE XXXI.

L'AGITATION du marquis était si violente, qu'il ne put interroger le portier. Mylord Sidney prit la parole et
demanda si l'on pouvait voir mylord
Beverley. La réponse fut affirmative:
et de suite on le conduisit au salon
où mistriss Clifton brodait; Elisa
jouait de la harpe et Edward tenait
à la main un livre qu'il ne lisait pas;
ses yeux étaient fixés sur sa fille. La

grande ressemblance d'Emma avec
sa mère rappelait sans cesse à son
souvenir la femme charmante qu'il
aimerait jusqu'au tombeau, ressemblance qui l'avait frappé à la première
vue ; des larmes d'attendrissement et
de regret couvraient son visage. On
annonce M. Ethelbald Sidney. Emma
se lève précipitamment et veut témoigner au petit-fils de sa bienfai-
trice le plaisir qu'elle éprouve à le
revoir : elle aperçoit le marquis ; son
empressement prend une autre direction ; elle va tomber aux pieds
d'Eugène. — Mon père, dit-elle à
mylord Beverley, c'est M. le marquis
de Limandre, l'auteur des jours de ma
mère. Mylord Beverley se place à
côté de sa fille, et prenant une main

d'Eugène il la presse tendrement
contre son sein. — Daignerez-vous
ratifier, lui dit-il, un hymen contracté
sous d'effroyables auspices? Le marquis fait relever son gendre et prend
sa petite-fille dans ses bras. — Tant
de bonheur, dit-il se soutenant à
peine, sont au-dessus de mes forces.
En effet, on le vit pâlir. Mistriss Clifton, seule de sang-froid dans cette
circonstance, avança vite un fauteuil
qui reçut le marquis presqu'évanoui.

Les émotions causées par la joie
ont rarement des suites fâcheuses.
Peu d'instans suffirent pour rappeler
M. de Limandre au sentiment de la
plus entière félicité. Pressant tour à
tour Emma et Edward sur son cœur,
il ne peut encore parler; mais que

de choses tendres et aimables ex-
prime son regard! Un profond soupir
de mylord Beverley fait cesser le
charme. Le marquis en devine la si-
gnification. Il désire mettre le comble
au bonheur général; il sait qu'il le
peut d'un mot; mais il n'ose le prononcer : il craint de causer une trop
forte révolution aux deux êtres qui
lui sont si chers. Des ménagemens
sont indispensables; il faut des pré-
parations pour l'excès du plaisir
comme pour celui du chagrin. Il
brûle de parler, et il a le courage de
se taire. Les yeux d'Ethelbald l'af-
fermissent dans sa résolution.

Emma demande en tremblant si
elle peut espérer de revoir bientôt
sa mère. Le regard d'Edward se porte

sur la bouche de M. de Limandre.
Sa réponse décidera de son sort. —
J'espère, dit le marquis, pouvoir
vous dire bientôt où nous pourrons
la trouver. Mylord Beverley soupire
de nouveau. — Rien que de l'espoir,
murmure-t-il; c'est un bien faible
aliment pour mon impatience.

Mylord Sidney cherche à faire
prendre un autre cours à la conversation. Mistriss Clifton, qui devine
son motif, le seconde à merveille.
mais tous ses efforts ne peuvent appeler la gaîté. Juliana occupe tous les
cœurs. Elle serait si bien ici, et nous
si heureux de l'y voir ! Telles étaient
les pensées de chacun. Mistriss Clifton a trouvé un moyen de fixer l'attention générale, en proposant de se

rendre mutuellement compte des différens événemens qui ont enfin réuni
des personnes dont la destinée devait être de ne se jamais quitter.
Cet appel à la curiosité, moins qu'au
vif intérêt, fut accueilli par le consentement de toutes les parties. Le
marquis refusa de parler le premier,
sentant parfaitement que la conclusion de son histoire serait l'arrivée
de Juliana à Londres. Mylord Beverley se disposa à rendre un compte
exact de toutes les circonstances de
sa vie. Sa conduite ayant toujours été
celle d'un honnête homme, il n'eut à
dissimuler aucune de ses actions. En
l'écoutant, le marquis se félicitait
du bonheur de Juliana et se réjouis-
sait d'avance d'être l'heureux témoin

du bonheur de ses enfans. Toutes ses peines étaient oubliées ;. le passé n'existait plus pour lui; il ne pensait qu'au délicieux avenir qui se déroulait devant lui.

En terminant son récit, Edward prit la main de sa fille et celle de son beau-père. —Nous sommes déjà heureux, leur dit-il ; mais combien nous pourrions l'être davantage ! Puis, tirant de son sein un médaillon qui reposait sur son cœur : —Voilà, dit-il, le portrait de la plus aimée des femmes. Je l'ai fait d'idée. D'après sa ressemblance , jugez combien la beauté de l'original m'avait frappé. Le marquis se saisit de la miniature et s'écria que c'était Juliana telle qu'il l'avait vue, lors de son départ pour

Sempervive. Le portrait fut admiré par mistriss Clifton. — Voyez, dit-elle en montrant Elisa, si ce ne sont pas exactement les mêmes traits. Tout le monde fut de son avis.

Le tour de M. de Limandre était arrivé; il allait commencer sa narration, quand on vint annoncer à mylord Beverley qu'un monsieur demandait instamment à le voir. — Son nom? — Il se nomme M. Amédeus... Emma interrompit le domestique, et s'écria: C'est M. Walsbery. Honteuse de sa grande vivacité, elle baissa les yeux et rougit beaucoup. — Faites entrer, dit Edward.

Nous sommes forcés d'interrompre ici le fil de l'histoire, pour expliquer au lecteur comment M. Walsbery, que nous avons laissé à l'hôtel Sidney pour y attendre le retour d'Ethelbald et d'Eugène, sortis ensemble pour se rendre à l'invitation faite au marquis par une prisonnière de Newgate, a pu quitter Juliana pour aller chez mylord Beverley, qu'il ne connaissait nullement (*).

A peine les deux amis sortaient de l'hôtel, qu'un commissionnaire vint prier instamment Amedeus de venir sur-le-champ à Newgate, à l'effet de retirer une accusation dirigée contre une femme. — Vous pouvez,

(*) Il faut observer que la mort de mylord Béverley, père d'Edward, était entièrement ignorée de Juliana et des habitans de Semvive, c'est pourquoi on continue à l'appeler monsieur, au lieu de mylord.

lui dit l'envoyé, sauver de la déportation une malheureuse créature. Le bon cœur du jeune homme le fit accéder à la prière qui lui était adressée. Après s'être assuré que Juliana reposait et ne manquait de rien, il suivit le commissionnaire qui le conduisit à la prison, et de suite à la chambre que celle qui désirait le voir occupait. Dès qu'il entra, mistriss William, c'était elle, vint se jeter à ses pieds et lui présenta douze guinées: Au nom de ce qui vous est le plus cher, Monsieur, veuillez retirer l'accusation portée contre moi par l'intendant de mylord Sidney : il est très-vrai que c'est moi qui lui ai volé sa montre; ma liaison avec une fille de peine de la maison m'y ayant

13.

donné accès, il m'a été facile de
m'emparer de la montre de M. Harrison. Malheureusement, je fus prise
sur le fait par lui-même. Avant qu'il
eût eu le temps de s'emparer de l'objet, je l'avais passé, sans qu'il s'en
aperçût, à Paty, qui était présente.
L'intendant me fit inutilement fouil-
ler. Révolté de m'entendre nier une
chose qu'il avait vue, il me fit arrêter
et conduire ici. Paty est venue me
voir et m'apporter douze guinées;
elle avait engagé la montre pour
cette somme, qu'elle me donna fidèlement. Je les ai dépensées avec mes
compagnes. Un seigneur français,
qui était ici il y a deux ou trois heures, m'a généreusement fait présent
de l'or que je vous remets pour pou-

voir dégager la montre. N'étant pas
encore jugée, je puis recouvrer ma
liberté. Vous la tenez entre vos mains.
Ordonnez, je vous en supplie, à
M. Harrison de faire une nouvelle
déposition, dans laquelle il déclarera
avoir retrouvé le bijou. De ce moment ma captivité cesse : car, quoique je me sois souvent mise dans le
cas d'éprouver une pareille punition,
c'est la première fois que j'ai eu le
malheur de me voir emprisonnée.
Soit par l'indulgence de ceux à qui
j'ai fait tort, soit que mes larcins
aient toujours été de peu de valeur,
j'ai eu le bonheur de n'être jamais
compromise. M. Walsbery promit
d'envoyer Harrison retirer son accusation; puis, soupçonnant qu'il

était question de M. de Limandre, il
s'informa du nom du seigneur français et du motif qui avait pu l'appeler
dans un semblable lieu. La femme
William répondit que c'était le marquis de Limandre. — Quant au motif
de sa visite ici, dit une femme en
ouvrant le rideau d'un des lits, regardez-moi et vous le devinerez sans
peine. Amédeus tourne les yeux, et
reconnaît celle que Thérésa avait,
dans son affreux récit, signalée comme
la plus infâme créature et l'ennemie
la plus acharnée d'Eugène et de ses
filles. — Le Ciel est juste, s'écria
Walsbery, puis qu'il vous a ôté la
liberté ! — Ainsi vous me reconnais-
sez. Sans répondre à la question,
Amedeus lui demanda ce qu'elle avait

fait de la fille de Juliana, de l'intéressante Elisa. — Le marquis vous en
instruira. — La jeune personne dont
vous parlez, dit mistriss William, de
l'aveu de ma compagne, est à la prison de la Fleet, où elle est retenue
pour dette. Walsbery n'en attendit
pas davantage, et se rendit à la prison indiquée. Là, il apprit que deux
Messieurs étaient venus prendre les
mêmes informations, et qu'on leur
avait dit qu'ils trouveraient la jeune
dame chez son père mylord Beverley
*** street.

La joie qu'Emma avait involontai-
rement témoignée, en entendant annoncer Walsbery, n'échappa pas au
marquis, qui le présenta à son gendre et à mistriss Clifton comme un

jeune homme qui avait l'amitié et l'estime de toute sa famille. Ce titre suffit pour être parfaitement accueilli. Il raconta comment il avait su la demeure de milord Beverley, et appris qu'il était le père de mademoiselle de Lappallin. On le pria d'oublier que lady Emma Beverley avait jamais porté le nom d'Elisa Lappallin.

La présence d'Amedeus ne mit aucun empêchement à l'exécution de la promesse que M. de Limandre avait faite, et qu'il se mit en devoir de remplir. Emma, milord Beverley, et mistriss Clifton, étaient les seuls qui ignoraient les événemens d'une vie remplie de vicissitudes ; aussi prêtaient-ils la plus entière attention au récit d'un homme qui avait plus d'un droit à leur tendre intérêt. Mistriss Clifton chérissant Emma comme sa fille, ne se croyait pas étrangère à tout ce qui avait rapport à la famille de son enfant adoptif.

Combien de fois lady Emma interrompit son grand-père par ses sanglots! Nous ne préciserons pas les événemens qui ont appelé les larmes de la sensible Emma, le lecteur qui peut se les rappeler nous reprocherait avec raison de répéter ce qu'il sait déjà. La joie qui brillait dans les yeux d'Edward et dans ceux de sa fille, en apprenant que l'épouse de l'un et la mère de l'autre était vivante, et qu'ils allaient sûrement bientôt la revoir, indiquait au marquis leur impatient désir de savoir si milady Be-

verley était restée à Sempervive, ou si
elle avait accompagné son père à
Londres. Eugène avait, le plus possible, retardé la conclusion afin d'a-
mener, petit à petit, la certitude d'une
très prochaine réunion.

Enfin le mot est lâché, Juliana est
dans la capitale et seulement trois
rues la séparent de son époux, de sa
fille!!! D'un même mouvement
Edward et lady Emma se lèvent, se
tendent les bras, s'embrassent, et demandent à être conduits où le bonheur
les appelle. La prière fut exaucée
à l'instant même; une voiture était à
la porte, tous s'y élancent. En deux
minutes on arrive à l'hôtel Sidney.
Malgré l'empressement général, Edward et sa fille devancent les autres.

Après s'être reposée durant deux heures, Juliana fit venir Molly et Blunt. Je vous dois à l'un et à l'autre, dit-elle, une reconnaissance éternelle. S'adressant à Blunt. — Au lieu de la honte et du malheur qui devaient être mon partage dans l'hymen qui m'était destiné par mes ennemis, vous avez lié mon sort à celui d'un homme vertueux, aimable et bien né. Hélas, le ciel n'a pas permis que mon bonheur se prolongeât, il a passé comme un éclair; mais son souvenir m'a soutenue dans les époques les plus pénibles de ma vie. Mon existence actuelle est encore embellie par l'espoir enchanteur de revoir un jour mon bien-aimé Edward, et ma tendrement chérie Emma. Mes obligations envers vous, Molly, surpassent encore tout ce que Blunt a fait pour moi : je n'en excepte pas la liberté qu'il m'a procurée, sans calculer les risques et les dangers qui pouvaient être la suite de sa généreuse et bienveillante action ; en préservant ma fille du plus grand des malheurs, Molly vous avez sauvé toute sa famille. Le crime que des monstres avaient projeté, eût été une source éternelle de larmes et de désespoir. Que puis-je donc faire pour vous témoigner ma gratitude ? Si l'argent pouvait payer de tels bienfaits, je vous dirais voilà toute ma fortune, elle est à vous, je vous la donne. — Nous n'en voulons pas, dirent ensemble Blunt et Molly. Vous ne nous

devez rien. — J'ose, cependant, dit
Blunt, solliciter une grâce de votre
seigneurie, permettez à Molly de
m'accorder sa main : elle connaît mes
fautes et mon repentir, les premières
ont obtenu grâce à ses yeux, en faveur de la sincérité du dernier ; mais
la crainte de déplaire à milady, est
l'obstacle qu'elle m'oppose.—Est-ce
là en effet, Molly, le seul motif de
votre refus ? Molly, en rougissant,
répondit qu'il n'y en avait point d'autre. — En ce cas, mes amis, vous serez bientôt heureux.

Ayant entendu les pas de plusieurs
personnes qui montaient l'escalier,
Blunt alla s'informer qui ce pouvait
être. La porte s'ouvrit alors, on entendit une voix crier. — Au nom du

Tout-Puissant! ménagez sa sensibilité.
Cette injonction faite d'un ton suppliant par le marquis, arrêta Emma
et son père sur le seuil de la porte.
L'un et l'autre, n'osant avancer, tom-
bèrent à genoux, en étendant les
bras vers l'objet de leurs plus tendres affections. Juliana les a bientôt
reconnus, elle s'élance en s'écriant :
— Mon époux! ma fille! La nature et
l'amour lui prêtent de mutuelles forces. Elle fait relever Edward et
Emma, les presse tour à tour sur
son cœur et les couvre de baisers.
Milord et ses amis attendent, en silence, que le calme ait succédé au
délire. Leur patience fut mise à une
longue épreuve; Juliana, Emma et
Edward, enlacés dans les bras les

uns des autres, ne pouvaient voir,
penser, ni entendre, au-delà des
douces sensations qu'ils éprouvaient;
par un mouvement irréfléchi, mais
bien naturel, le marquis s'élança près
du groupe intéressant.—Serais-je de
trop, dit-il, dans cette réunion de
famille? — Oh! non, s'écrièrent ils
ensemble, votre présence met le
comble à notre félicité; et les cares-
sent recommencèrent. Mistriss Clifton
craignant qu'une trop forte et trop
longue émotion, ne fatiguât les
nerfs de la mère et de la fille, demanda qu'on voulût bien la présenter à
milady Beverley. Ce son de voix
étranger fit lever les yeux à Juliana.
En apercevant une dame d'une apparence respectable, conduite par

M. Walsbery, elle pensa que ce devait être une amie et elle l'accueillit comme telle.

Ayant conduit les uns vers les autres les personnages qui ont pu inspirer un peu d'intérêt au lecteur, que nous reste-t-il à lui dire? Rien qu'il n'ait déjà deviné. Néanmoins il faut remplir la tâche que nous avons entreprise. Ce n'est point assez d'avoir récompensé la vertu, il est indispensable de mettre en évidence la juste punition des coupables. En jetant un coup d'œil sur le dernier chapitre, intitulé : *Conclusion*, on verra que nous n'avons rien omis pour satisfaire la curiosité du lecteur. Puissent nos efforts, dirons-nous, mériter....; nous ne l'osons pas : eh bien, obtenir

l'indulgence de ceux qui ont bien
voulu nous lire !

CONCLUSION.

La première chose que firent mylord et mylady Beverley fut de faire
remplir la place restée en blanc, dans
l'acte de leur mariage, du nom de Beverley. L'union de lady Emma Beverley avec Amedeus Walsbery eut
lieu peu de temps après.

Mylord Sidney dota richement la
nièce de sa femme ; la grande fortune
de mylord Beverley pouvait se passer de cette addition ; mais Ethelbald
trouvait tant de plaisir à combler de
bien la favorite de celle qui l'avait
toujours tendrement chéri !

L'intime liaison qui s'était formée entre mylord Beverley, sa fille et mistriss Clifton, mit Ethelbald à portée d'apprécier les précieuses qualités de cette dernière. Malgré de longues oppositions de la part de mistriss Clifton, il obtint le don de sa main, qui avait été précédé par celui de son cœur. On sent bien que le bonheur le plus parfait ne cessa jamais de régner dans une réunion d'honnêtes gens, aimables autant que vertueux. Ils furent chéris, respectés et recherchés dans tous les lieux où ils habitèrent. Celui qu'ils préférèrent fut Green-House. Mylord Beverley y fit construire une grande et magnifique maison, laissant toutefois subsister celle où M. de Limandre avait reçu une si aimable hospitalité; il pria ses amis de permettre qu'il n'eût pas d'autre logement.

Blunt et Molly devinrent époux; mais ce ne fut qu'après avoir obtenu de rester, Molly au service de mylady Beverley, et Blunt à celui de mylord.

Après beaucoup de recherches, M. Walsbery découvrit Meurice, à qui Emma devait d'avoir pu s'échapper de la captivité où les Piétra la retenaient; elle lui fit une pension suffisante pour le dispenser d'aucun travail à l'avenir.

On sait de quelle horrible manière le criminel Papalloni perdit la vie. Sa femme, condamnée à la déportation, mourut dans la traversée.

III.   14

Hook, complice de Papalloni, su-
bit la peine due à la multiplicité de
ses crimes. Puissent finir ainsi tous
ceux qui n'ont ni foi ni loi

FIN.

DE L'IMPRIMERIE D'A. ÉGRON,
rue des Noyers, n° 37.

www.ingramcontent.com/pod-product-compliance
Lightning Source LLC
Chambersburg PA
CBHW071854020726
47502CB00003B/746